大活字本シリーズ

奥田英朗

沈黙の町で

《下》

埼玉福祉会

沈黙の町で

下

装幀　関根利雄

16

楽しみにしていた学年キャンプの日が来た。丁度中間テストが終わって、教師も生徒も一息ついたときの学校行事だから、全員に解放感があった。安藤朋美たち女子がうれしいのは、キャンプでは私服を着られるということだ。基本は体操着だが、昼間の清掃奉仕で汗をかくため、着替えの持参が認められた。となれば、少しくらいはオシャレをしたい。朋美はいろいろ考えた末、ベージュのショートパンツに白と紺のボーダーTシャツを選んだ。それと可愛い麦わら帽子。気になるのは男子の目だ。清楚《せいそ》な女の子らしさをアピールできたらうれしい。飯島はロックバンドのプリントTシャツという恰好《かっこう》だった。先生なのに一番くだけている。女子が「これ誰ですか?」と聞いたら、「レッド・ツェッペリンだよ。おまえら知らねえだろう」と凄《すご》んで答えたのがおかしかった。

その日は三時限目まで通常の授業を行い、そのあと二年生だけが、クラスごとに歩いて二キロの河川敷キャンプ場を目指した。田舎道で交通量が少ないから、その行進はゆるやかで自由だった。列を離れ別のクラスに混ざっても、先生はうるさいことを言わなかった。もう私服に着替えた生徒もいる。バンダナを頭に巻いた生徒も。ギターケースを背負っている男子は、きっとキャンプファイアの出し物で歌を唄うのだろう。こういう光景に接すると、朋美は青春という言葉を実感した。十三歳からがティーンエイジャーだと英語の授業で教わった。自分たちはその入り口にいる。

キャンプ場に到着すると、そこには本部テントがすでに設営してあり、班ごとに並んでテントと寝具、炊事用具一式を受け取った。エリア内ならテントを張る場所は自由だ。

「トイレと本部から出来るだけ離れること。奥に一段高い草地があって、雨が降っても水が溜《た》まらないから、そこがいいんだって。テニス部の三年生に聞いた。早い者勝ちだぞ」

健太がそう言うので、みんなで走って行くと、なるほど一段高いきれいな草地があった。松の木の下の特等席に、早速男女二つのテントを張る。ほかにも先輩から情報を仕入れた班がいて、その場所はたちまちテントの密集地になった。

「ここはもう満員。ほかへ行ってくれ」健太と瑛介があとから来る班を追い返す。こういうとき、男子は役に立つ。

テントを設営すると、昼食の時間になった。班で輪になって弁当を広げる。瑛介は拳大のおにぎりが四つもあった。「それ全部食べるの？」朋美が驚いて聞いたら、健太が代わりに「すいません。うちの子、育ち盛りなんです」と頭を下げてみなを笑わせた。

そこへテニス部の藤田と金子がやってきた。「今夜の打ち合わせしようぜ」などと言い、男子だけでひそひそ話を始める。朋美は気になったが、「女には関係ねえよ」と言うに決まっているので、聞くのをやめた。どうせ何か悪いことを企《たくら》んでいるのだ。

午後一時に集合の放送があり、全員が広場に整列した。学年主任の中村先生が、作業とキャンプの注意点を真面目な顔で述べたあと、「試験も終わったことだし、楽しむことも大事だな」と白い歯を見せたので、みなの表情が緩んだ。

河川清掃と草刈りに班が分けられ、朋美たちは草刈りを受け持つことになった。担当エリアを割り当てられるので、さぼるとすぐにわかってしまう。

「よーし、さっさと終わらせて遊ぶぞー」

健太が号令のように声を張り上げ、作業を開始した。鎌《かま》とスコップが各班に支給され、主に男子がそれを使った。女子は刈った草を束ね、広場の一角に運ぶ。梅雨入り前の晴天の下、たちまち玉の汗が噴き出た。

清掃と草刈りはおよそ三時間で終了した。広場の隅にはゴミ袋と草が山のように積み上がっている。あとは明日の午前中に市役所のトラックがやってくるので、それに積めば奉仕作業は完了だ。

各班、再び本部に呼ばれ、今度は夕食の食材と、火を焚《た》く薪《まき》が配給された。いよいよ晩御飯だ。献立はカレーライスと野菜サラダ。作り方の指導があると思っていたら、簡単な手順を書いたプリントを渡されただけだった。

「うっそー。生徒だけで作るの？」朋美は焦った。家庭科の実習で調理の基本は習ったが、計量カップやガスコンロがあっての話だ。自分たちは火の起こし方も知らない。

「みんなで助け合ってやること。知識のある生徒は周りに教えてあげなさい。そのための仲間だぞ」飯島が回って来て言った。先生たちは傍観の構えだ。

仕方がないので、知識のありそうな生徒を捜すと、ボーイスカウト出身者が近くにいて、たちまち引っ張りだこになった。さらには隠し持っていたスマートフォンで、飯盒《はんごう》の使い方を検索する生徒もいて、にぎやかに情報が飛び交った。何か目的があると、普段は口を利かない同級生ともすぐに打ち解けられる。なるほどキャンプは学校行事に最適だ。

出来上がったカレーは少し水っぽかったが、逆に御飯が堅かったので、混ぜると丁度よかった。御飯を担当した健太が、「こうなると思って堅めに炊いたんだよ」と威張るので、女子でブーイングを浴びせた。普通の市販のカレールーなのに、びっくりするほどおいしい。きっと自分たちで作ったからだ。

夕食を終えると、広場に全生徒が集い、キャンプファイアを取り囲んだ。クラスの代表が一人ずつ、トーチを手にして「二年生、夏の誓い」を宣言し、高く積んだ薪に点火する。A組は朋美が代表だった。いやだと言うのに、飯島に指名されたのだ。いろいろ考えた末、「なりたい自分を想像して、それに向かって毎日努力したい」と宣言した。

初めてのことで上がってしまった。

その後のお楽しみ会は、中学に入って一番楽しい時間となった。ギターを弾いてJポップを歌う班がいたり、寸劇を披露する班がいたり、笑い声が絶えなかった。朋美たちの班は、健太が代表して教師数人の物真似《ものまね》をした。どうなるかと冷や冷やしていたが、先生たちが一緒になって爆笑するのでほっとした。

このキャンプで感じたのは、教師が普段ほどうるさくないことだった。生徒の自主性に任せている。大人扱いされると、やっぱりうれしい。

キャンプファイアは午後九時で終了した。あとは寝るだけ。消灯は午後十時。このときは見回りの飯島が、「夜中に騒いだ者は厳罰に処す」と脅した。

　ランタンを消すと、隣のテントで男子たちがもぞもぞと動き始めた。ささやき声も聞こえる。健太たちは何を企んでいるのだろうか。朋美はクラス委員として注意する立場だが、そんな気はなかった。出しゃばりと思われたくないし、どちらかと言えば、自分も羽目を外したい気分なのだ。


　暗闇のテントの中でペンライトを灯《とも》したら、瑛介の顔が怪物のように浮かび上がり、市川健太は思わずのけぞってしまった。

「瑛介、おまえ、特殊メイクなしでフランケンシュタインの映画に出られるぞ」

「馬鹿野郎。くだらねえこと言ってねえで早く支度しろ」

健太と瑛介は、闇に紛れるよう黒いTシャツに着替えた。タオルを首に巻き、靴の紐《ひも》を結び直す。

「スタートは何時だっけ」瑛介が聞く。

「十時十五分。早く行かないと、ほかの部から文句が来るな」健太が答える。

「おまえら見つかるなよ」

同じ班のもう一人の男子が小声で言った。

「任せとけって。それより女子には言うなよ」

健太は口外無用を念押しし、音をたてないようにテントを出た。抜き足差し足で、月明かりに照らされたキャンプ場を歩く。あちこちのテントからは、おしゃべりとくすくす笑いの声が聞こえた。こんなに楽しい一夜に、みんな眠れるわけがない。

男子の運動部対抗で、夜のリレー競走を秘密開催することになった。自分たちの発案ではなく、三年生からの指令だ。

キャンプの一週間前、健太たち二年生は三年生から部室に呼ばれ、今度のキャンプでは裏の伝統行事があることを教えられた。

「いいか二年生諸君、ようく聞け。毎年六月に行われる二年生のキャンプでは、運動部対抗のリレー競走が夜間開催されることになっている。当然、君たちの手によって、今年も伝統が受け継がれるものと信じている」

キャプテンの島田が大人のようなスピーチをし、ほかの三年生が笑い転げた。

「昨年は野球部が優勝し、我が男子テニス部は健闘むなしく五位であった。この無念は必ずや二年生諸君が晴らしてくれるのではないかと、我々は期待するものである」

二年生も笑い出した。なんだか知らないが、面白い催しがあるみたいだ。

三年生の説明によると、二中では十年以上前から、二年生の六月のキャンプにおいて、教師の目を盗んでゲームが行われていて、それが運動部対抗の夜のリレー競走だった。代表選手は四名ずつ。キャンプの就寝後、テントを抜け出し、決められたコースを忍び足で駆けるリレー形式でタスキをつなぎ、ゴールを目指す。

このレースが笑えるのは、ただ駆けっこの速さを競うのではなく、女子のテントへいきなり押しかけ、てのひらにサインをしてもらうとか、本部テントに忍び込んで生卵を一個失敬するとか、借り物競走に近いということだ。男子中学生にとって、これほどわくわくすることはない。

審判は毎年、生徒会役員が務めた。これも笑える。

今年は野球部、サッカー部、陸上部、バスケットボール部など、六つの運動部がすでに参加表明をしているとのことだ。

「君たち、もちろんやってくれるよな」

島田の問いかけに、二年生全員、よろこんで犬のように首を縦に振った。

「市川、おまえをリーダーに指名する。ランナー四名を選出し、前年優勝の野球部が幹事役だから、出場を申し込んでおくこと。いいな」

名前を呼ばれ、健太はうれしくなった。もちろん自分が率先して出るつもりだ。島田からは、参加チームには協約があることも知らされた。

「それから、ひとつだけルールというか、約束事があるので注意しておく。レース中、先生に見つかったら、その者だけが罪を被《かぶ》ること。リレー競走の存在を明かしてはならない。告げ口は厳禁。その時点でレースは中止となり、各自速やかにテントに戻ること。いいな、これも先輩から引き継がれた伝統だから、守ってくれ」

健太は自分の通う学校を見直した。退屈で窮屈な田舎の公立中学だと思っていたが、面白いことを考える先輩がたくさんいたのだ。

島田のスピーチも洒落《しやれ》ていて恰好よかった。もし自分がキャプテンに選ばれるようなことがあったら、一年後、もっと後輩を笑わせるスピーチをしたいものだ——。

キャンプ場の隣の、川べりの雑木林に行くと、すでに黒い影がいくつもあり、ひそひそと話が交差していた。

「誰だ」野球部の幹事役がささやき声を発する。

「テニス部、市川」

「同じく坂井」

幹事のペンライトの光を顔に浴びた。

「おい、こっちこっち」

暗闇に目を凝らすと、金子と藤田はすでにいて、ウォームアップなのか、じっとしていられないのか、足踏みをしていた。うしろにはリレーには出場しない名倉の姿もあった。

「おまえまで何だ」健太が聞く。

「いいじゃん、見物するくらい」名倉が口をとがらせて答える。

井上たち不良グループもいた。「なあ、おれたちも入れてくれよ」と野球部に懇願している。ただ、口調からして本気ではない。面白そうだから見に来たのだろう。

就寝時間後のテントから脱け出して夜の空気を吸う。それだけで冒険の気分が味わえる。しかも大集団で規則を破るのだから、愉快でならない。

「おーい、全員集合してくれ」

幹事の指示で、打ち合わせの円陣を組んだ。今年は七チームの出場だ。

「各チーム、走る順に変わりはないよな。一応、野球部から関所に人を配置するけど、ショートカット等のズルはしないこと。みなさん、フェアプレー精神でレースに臨みましょう」

「おう」みんなが静かに答え、こぶしを突き上げる。

「それから私語は禁止。レース中の懐中電灯の使用も禁止。大きな音を立てないこと」

「わかった、わかった」

普段は張り合うことが多い運動部も、この夜は一体感があった。あちこちでハイタッチしている。

テニス部の第一走者は健太だ。用意したタスキを肩から掛ける。健太は、女子のテントを急襲し、てのひらにサインをもらう種目を選んでいた。狙っているのは同じテニス部の、渡辺由加里《わたなべゆかり》だ。一年のときから気がある女子だから、考えるだけで、今から心臓がドキドキする。

まだ寝てはいないとは思うが、明かりは消えているだろう。そのテントにいきなり押しかけ、ボールペンを差し出し、「てのひらにサインをしてください」と頼むのだ。

「じゃあ、始めるぞ。第一走者、スタート位置についてて」

七人の男子が並んだ。

「おい、市川。おまえ、誰にサインもらうんだ」

隣のサッカー部が耳元で言った。

「内緒だよ」

「おれ、おまえと同じ班の安藤朋美からもらってきてもいいか」

「へえー」顔を見た。「そりゃ自由だけど」

「よーい、スタート！」

一斉に駆け出した。各自なるべく音を立てないよう、爪先立ちで走った。その恰好だけでも、かなりおかしい。うしろでみんなが腹を抱えて笑いをこらえているのがわかった。

雑木林からキャンプ場に入る。目指すテントは、夕方のうちにちゃんと調べておいた。間違えると大変だから、フライシートに記された番号も憶《おぼ》えておいた。

「Ｂの五番、Ｂの五番」

口の中でつぶやき、テントを捜す。すぐ先で懐中電灯のライトが宙を横切った。先生の見回りだ。健太は木の陰に身をかくし、通り過ぎるのを待った。

大粒の汗がだらだらと顔を流れる。スパイ映画の主人公にでもなった気分がした。

あちこちのテントからおしゃべりの声が漏れてきた。「おーい、みんな寝ろよ」先生が小さく声をかけて行く。

しばらくして、ライトが遠ざかった。健太が再び動き出す。「Ｂ—５」のテントはすぐに見つかった。いっそう心臓の鼓動が早くなる。

これって告白だよなあ。ならば人生初の経験だ。顔がコチコチになった。笑うのは無理そうだ。

「えーっ。キャー。うそー」

そのとき、どこかから女子の声がした。レース参加者の誰かが押し掛けたのだ。

負けていられない。健太は拳を握りしめ、入り口まで行ってしゃがみ込んだ。扉を軽く叩《たた》く。

「おい、おれ市川だけど、渡辺いる？」ささやき声で言った。

「えっ、何、何」テントの中で女子があわてている。数秒後、懐中電灯が灯った。入り口のファスナーも開いた。渡辺由加里が緊張した様子で顔をのぞかせた。ほかの女子二名はうしろで警戒の目を向けている。

「悪い。寝てた？」

「まだだけど」

「ちょっと頼みがあってさ。おれのてのひらに、おまえのサインしてくれる？」

「えっ、何それ」

「今、男子で夜の運動会をやっててさ。借り物競走で女子のサインが必要なの。頼む。急いでるんだ」

健太がボールペンを差し出す。渡辺由加里は目を丸くしたのち、クスクスと笑いだし、「わかった。いいよ」と、健太のてのひらに名前を書いてくれた。手と手が触れる。女子の匂いを顔いっぱいで浴びた。

健太は全身が熱くなった。

「これでいい？」

「ありがとう。ごめんな、夜中に」

「先生に見つからないように」

「うん。任せとけって」

腰を屈《かが》めたまま踵《きびす》を返し、その場を離れた。やったー！　渡辺由加里に申し込んで成功したぞー！　心の中で快哉《かいさい》を叫ぶ。

再び忍び足で走り、スタート地点に戻った。タスキを第二走者の金子に渡す。金子は橋の下まで走って、捨ててある自転車の中から動く一台を探して、乗って帰ってくるというレースだ。

「おれ何位だ」健太が聞いた。

「三位」瑛介が答える。

「くそー。トップ取りたかったなー」

口では悔しがったが、内心は大満足だった。

「で、市川は誰のサインをもらったの？　チェックさせてくれ」

審判役がペンライトで健太のてのひらを照らした。周りにいたみんながのぞき込む。

「おおー。Ｂ組の渡辺由加里で来たか」

男子の輪が静かにどよめく。少なからず尊敬を集めたようである。

「おめえ、渡辺に気があんのかよ」井上が口をはさんだ。

「うるせえな。同じテニス部で頼みやすかったんだよ」

健太は自分の役目を終えた安堵《あんど》感で、草むらに腰を下ろした。

「暑いな。水はないのか」健太が聞く。

「あるわけねえだろう」と瑛介。

「おれ、さっき川に降りて顔を洗ったらすっきりしたぞ」

サッカー部の男子が教えてくれた。川は林のすぐ脇を流れている。水はきれいだ。

健太は茂みをかき分け、三メートルほどの崖を下って、川に降りた。蒸し暑い夜だったので、何人かがついてきた。井上たちや名倉もいた。

「おい、ここで泳ごうぜ」井上が言った。

「海パンあるのかよ」

「フルチンでいいじゃねえか」

「冷たくねえのかよ。まだ六月だぞ」

「平気だよ。腰までの深さしかねえ川じゃねえか。浸《つ》かるだけだよ」

不良たちが悪さの相談をしている。

健太は川べりに跪《ひざまず》き、水をすくって顔を洗った。冷たいから気持ちがいい。川面に月が映っていて、見上げると真上で照っていた。

「おい、ちゃま夫。おまえ、そこの中州まで行って、その先がどれくらい深いか見てこい」

「やだよ。ズボンが濡《ぬ》れるもん」

「脱いで行けばいいだろう。てめえ、行かねえと、パンツも脱がせるぞ」

名倉が不良たちに絡まれていた。いじめられるとわかっていて、どうして毎度ついてくるのか、健太には理解できない。

健太は井上たちに加わらず、崖を上がって元の場所に戻った。第二走者がそろそろ帰って来る頃だ。

「金子の奴、ちゃんと全力で走ってるんだろうな」

「大丈夫。あいつ、足は遅くても探し物は早いから」

瑛介と軽口を交わす。その金子が薄闇の中、二位で戻ってきた。

「やった、やった。順位アップ」

「おまえ、すげえじゃん」

金子は満足そうに鼻の穴を広げている。

第三走者は藤田だ。タスキを受け取り、今度は本部テントへ生卵をくすねに走る。

川の方から大きな水音がした。ドボン。バチャーン。「いひひ」という笑い声も。静寂を打ち破り、周辺に響いている。

「井上たちだろう。何をやってんだ」幹事が顔をしかめて言った。

「川に石を投げてるんだよ」健太が答える。すぐに想像がついた。名倉を川の中州まで行かせ、大きな石を投げ込んで水しぶきを浴びせているのだ。

崖の上まで駆けて行って見ると、案の定、思った通りの光景が繰り広げられていた。

「おい、やめろ。音を立てるな」

「おまえら、レースの邪魔するな」

みんなで非難する。そのとき、キャンプ場の方角から大人の声がした。

「おーい、誰かいるのか」

「やばい。先生だ。中村だ」幹事役が言った。

疾風《はやて》の如く不良たちが崖を駆け上がってきた。「おい、先公が来るぞ。みんな、逃げろ」井上を先頭にして、頭を低くして、各自散って行く。健太は彼らの逃げ足の速さに呆気《あっけ》にとられた。

名倉は中州に置き去りだ。河原に脱いだ靴とズボンが見えた。名倉は、どうして簡単に人の言いなりになるのか。

「おい、おれらも退散するぞ。レースは中断。みんなテントに戻れ」

幹事の指示で、みなが一斉に動き出した。

「全員で同じ道を行くな。半分は一度土手を上って、遠回りして戻れ。野球部は連絡係。まだ走ってる奴をつかまえて、中断だって教えてやれ。それから見つかったときは、各自協約を守ること。いいな」

幹事は野球部の次期キャプテン候補だけあって、実に頼もしかった。

健太はテニス部の部員たちに、テントに戻るよう告げた。

「誰だ。そこにいるのは誰だ」中村の声が近づいてくる。

健太は忍び足で駆け出した。振り返ると、瑛介だけが動かずに立っている。

「どうした。行くぞ」

返事がない。訝《いぶか》って戻り、腕を引っ張る。振り払われた。

「なんだ、瑛介。逃げねえのかよ」

「名倉一人を置いていくとばれるぞ」瑛介がぼそりと言った。

健太が返答に詰まる。確かに、名倉が黙っていられるとは思えない。

このレースの唯一の協約は、先生に見つかったらその者が罪を被るというものだ。

「名倉がチクったらテニス部の責任だ。ほかの部に迷惑はかけられんだろう。おれが被るわ」と瑛介。その言葉に気負いはなかった。

「じゃあ、おれも一緒だ。二人で被ろう」健太がうなずいた。

「おまえ、二中の生徒だな。なんでそこにいる。クラスと名前を言え！」

中村の声と足音がすぐ下まで来た。

「B組の名倉です」

名倉の弱々しい声も聞こえた。

健太と瑛介は覚悟を決めて、雑木林の端まで行き、崖を降りた。

「誰だ、おまえたちは。名前を言え」中村が驚いて懐中電灯を向ける。

「A組の市川です」

「同じく坂井です」

「ほかに誰がいる」

「いえ。ぼくたちだけです」

「夜中にテントを抜け出して、おまえら何をやってるんだ！」

中村の怒鳴り声が夜空に響き、健太は思わず首をすくめた。


翌朝、起床してテントから出ると、かまどの脇で健太と瑛介が憂鬱そうな顔で座り込んでいた。見るからに元気がない。

「おはよう」安藤朋美が声をかけると、「おう」と無愛想な声が返ってきた。

「どうかしたの？」

「何でもねえよ」棒切れで灰をかき混ぜながら、健太が答える。

「ゆうべのリレー、テニス部はどうだったの？」朋美が聞いた。

「……安藤、何で知ってる」

「だって、サッカー部の石田君がサインくれって来たもん。そのときに聞いた」

「ああ、そうか。そうだったな」健太が気のない返事をする。

「夜中にテントを抜け出してどこへ行くんだろうと思ってたら、そんなことしてたんだ。で、市川君は誰のサインをもらったの？」

「うん？　誰でもいいだろ」

「坂井君は？」

「おれのコースは女子のサインじゃねえんだ。そもそも走ってないけどね」

「どうして？」

「リレーの最中、中村に見つかった」

「うそ？　で、どうしたの？」

「おい、安藤。おまえ、頼むから先生には言いつけないでくれよ」健太が口をはさんだ。「これからおれたち、朝礼で叱られるけど、リレーのことはばれてねえんだ。だから、ゆうべ、サッカー部の石田が来たことも内緒な」

「うん、わかったけど、どうなったの？　見つかって」

「本部テントに連れて行かれて、説教を食らったよ。学校に帰ってから、改めて処罰を下すってよ」

「ふうん」

暗い表情の二人を見ていたら、こっちも気持ちが沈んだ。

ゆうべ、テントで女子同士おしゃべりをしていたら、突然サッカー部の石田が訪ねてきた。一年のときに同じクラスだったが、親しく口を利いたことはない。びっくりする朋美に、「てのひらにサインをくれ」と言い、ボールペンを差し出す。

事情を聞いたら、運動部の男子たちで借り物競走のリレーをしていて、石田は女子からてのひらにサインをもらってくる種目に出ていると言う。それがなぜ朋美なのかは言わなかったが、朋美も尋ねるほど鈍感でもない。

朋美は照れつつも、ちょっと誇らしい気分でサインをした。石田は終始はにかみながら、「ありがとう」と言って走り去った。

これまで石田を意識したことはなかった。とくに好みのタイプでもない。けれどモテて悪い気はしない。胸の奥が温かくなった。

しかし同時に、瑛介のことも気になった。瑛介は誰のサインをもらいに行くのか。ほかの女子のテントに行き、サインをもらっていたら大ショックだ。ゆうべはそのことばかり考えていた。だから、瑛介はその種目じゃないと聞いてほっとした。先生に叱られるのは気の毒だが、朋美にはそっちの方が心配だったのだ。

健太と瑛介のところへバスケ部の男子がやって来た。

「ゆうべは大変だったってな。金子たちからだいたいのことは聞いたけどさ」労《いた》わるように二人の肩を叩く。「市川と坂井は男の中の男だって、みんな言ってるからな」

「おだてるな。協約を守っただけだ」健太が答える。

「帰ったら、バスケ部はおまえらにお好み焼きを奢《おご》ることにしたからら」

「一人で二枚食ってやる」

「はは。いいよ、それくらいなら」

陸上部の男子も来た。健太と瑛介と拳でタッチする。

「ゆうべはご苦労さん。続きは修学旅行でやろうぜ。幹事はテニス部でいいからさ」

「おれが幹事をやったら、教師の布団の中にトカゲを入れてくるとか、そういうレースを企画するからな。おまえら覚悟しろよ」

「おまえ、よくそういう面白いことがポンポン出てくるな」

すがすがしい目で笑っていた。

朋美は見ていて、男子はいいなと羨ましく思った。一緒に悪戯《いたずら》をして、男の約束を守って、友情が生まれるのだ。

そこへ金子と藤田が駆けてきた。「やばい、やばい」蒼《あお》ざめた顔をしている。

「ちゃま夫がチクったぞ」

「うそ。なんで」健太が腰を浮かせた。

「担任の清水に朝から呼ばれて、本当のことを言いなさいって責められて、リレー競走のことをあっさりしゃべったらしい」

「マジかよ」

「おう。だって野球部の宮田がさっき中村に呼ばれたし、サッカー部も誰か呼ばれてたぞ」

健太が顔をゆがめ、吐き捨てた。

「馬鹿か、あの野郎。おれら、何のために被ったんだよ」

バスケ部と陸上部の男子も顔色を変えた。いきなり空気が重くなる。

そのとき、場内放送のチャイムが鳴った。

「これから名前を呼ばれた者は、速やかに本部テントに出頭すること」スピーカーから流れたのは中村の声だった。「市川健太、坂井瑛

介、小山雄平、田中健一郎、石田将太……」

健太が深々とため息をついた。立ち上がり、お尻の土を払う。瑛介もむずかしい顔で鼻息を漏らしていた。

男子たちが肩を落とし、ぞろぞろと本部テントに向かって歩いて行く。

詳しい事情を知らない朋美だが、一緒に落胆し、悲しくなった。どうやら名倉は裏切ったようだ。男子たちのいい雰囲気を、名倉一人がぶち壊したのだ。

名倉のひ弱そうな童顔が、朋美まで憎らしくなった。

17

高村真央はその日の朝を迎えるのが怖かった。自分の書いた記事が、地方面に掲載されるのである。しかも七十行を超える記事だ。現場となった部室棟と銀杏《いちょう》の木の写真も添えられる。見出しも大きい。となれば読者の目を引く。訴えたいことがあるから書くのに、読まれるのが怖い。この矛盾した心理は、自分でもうまく説明できなかった。

記事には自信がある。ちゃんと取材を重ねたし、プライバシーへの配慮もした。だいいちデスクのチェックを通ったのだから、一人で脅える必要はない。けれど当事者たちの心情を思うと、どうにも落ち着かなかった。

ゆうべは、嫌な夢をたくさん見た。朝、アパートを出たら、藤田一輝の母親が待ち構えていて、「うちの子がまた学校に行かないと言い出した。どうしてくれるのか」と鬼の形相で詰め寄ってくるとか、名倉祐一の叔父から電話がかかってきて、「若いあんたに親の気持ちはわからない。この記事はひどい」と非難されるとか——。

高村は、この気持ちを誰かに相談したかったが、社内の人間に打ち明ければ弱音と取られかねないし、学生時代の友人に話したところでわかってもらえるとは思えず、無理に呑《の》み込むこととした。こういうとき恋人がいたらどれほどいいことか。詮無い想像をしては、ため息ばかりついている。

いつもは起床すると、ダイニングテーブルに朝刊を広げ、それをランチョンマット代わりにして朝食をとるのだが、この日は横に置いたまま、皿からトーストを口に運んだ。見ないことで今日一日、現実を心から追い出したい。まるで子供みたいな逃避だ。

奥の部屋のテレビからは、ニュース番組の音声が流れてきた。そのニュースで、この地で起きた、事件か事故かもはっきりしない中学生転落死の続報が伝えられることはない。日々新たな事件事故が発生し、マスコミはそれを追うのに夢中だ。

だからこそ、高村は記事にすべきだと思った。名倉祐一の遺族がいちばん恐れていることは、このまま世間から忘れられることなのだ。

一方に肩入れするつもりはないが、新聞は声を発せられない人々の代弁者でなければならない。

コップのジュースを飲み干し、大きく息を吐《つ》いた。新聞を引き寄せ、地方面を開く。高村は自分を叱咤《しった》した。これくらいで心が参っていては新聞記者失格だ。

見出しが目に飛び込んだ。

《中2転落死から三週間、いまだ真相は不明》

《いじめとの関連は？　遺族の苦しみと保護者たちの不安》

校正刷りで見るより大きく感じる。瞬時に顔が熱くなった。

昨日散々読み返した記事を、高村はもう一度読むことにした。この記事の責任は自分にあるのだから。

《桑畑市内の中学2年生の男子生徒（13）が、校内において死体で発見されてから三週間が経《た》った。死因は部室棟の二階屋根からの転落死。しかしそれに至った経緯は依然不明のままだ。直前まで一緒にいた同級生4名が、男子生徒への傷害容疑で補導・逮捕されたが、立件は見送られた。学校側はいじめの事実を認めている。一人の生徒の死が、小さな町を揺るがしている》

ここまでがリード。最初の原稿では名倉祐一を実名で書いたが、デスクに「ここでは出すな」と却下された。そして記事へと続く。

《「わたしたち遺族は真実が知りたい、ただそれだけなんです。部室の屋根からイチョウの木に飛び移ろうとして落ちて勝手に死んだ。それで納得しろと言うのですか」

そう語気を強めるのは、男子生徒の叔父だ。母親は息子の告別式を最後に、自宅にこもるようになった。今も食事が喉を通らず、悲しみに暮れる日々を送っている。二度の流産をはさんで生まれた一粒種だった。

小柄でおとなしい男子生徒は、以前から学校で同級生にからかわれたり、金銭をたかられたりのいじめを受けていた。それだけに、「そんな子が一人屋根に残されて、自分から危険なまねを冒すとは考えにくい」と遺族が疑問に思うのは、当然のことかもしれない。仮にそうだとしても、「強要されたのではないか」「精神的に追い詰められたのではないか」と叔父は疑念を訴える。

警察と検察もまだ幕は引いていない。いじめグループの少年たちを任意で呼び、今も取り調べを継続中だ。担当検事は、「少年事件で供述を引き出すには細心の注意が必要」と自らを戒め、目撃証言も物証も出てこない中での地道な「対話」を続けている。

一方、いじめの加害者とされた生徒の保護者たちも、落ち着かない毎日を過ごしている。母親の一人は、「息子がいじめに加わったのは申し訳ないが、転落死の犯人にされるのではないかと怖くて仕方がない」と記者に語った。男子生徒の遺族とは会っておらず、「いずれ落ち着けば」と歯切れは悪い。

舞台となった中学校では、遺族の求めに応じ、全生徒に今回の件についての作文を書かせた。しかし一部の保護者から「うちの子の書いた作文を、なぜ無断で遺族に提出するのか」と異議が唱えられ、宙に浮いたままだ。校長は「事前に保護者会に相談するべきでした」と不手際を認めた。
小さな町で、それぞれの不安と苛立ちが渦巻いている。（高村真央）》
高村はこの記事を丸一日かけて書いた。言葉を選び、書いては消し、書いては消しを繰り返し、なんとか形にした。満足はしていない。もっとうまく書けたのではないか、もっと踏み込むべきだったのではないかと、心残りに思うことの方が多い。
一番正直な感想は、二十四歳の自分なんかが書いていいのかという畏れだった。親になったこともない、家族を看取《みと》ったこともない、そんな若い娘が偉そうに新聞記事を書いている。自分にそのつもりはなくても、記事とは必ずや誰かを傷つけ、裁いている――。

漠然とした憧れでマスコミを志望し、新聞社に入ったが、向いてないのかなあと気弱になるときがある。今朝がそうだ。

高村は新聞をたたみ、ため息をついた。窓に目をやると、外は快晴だった。朝から蟬《せみ》が鳴いている。今日も暑い一日になりそうだ。

支社には顔を出さず、直接県警の記者クラブへ登庁した。するとロビーに桑畑署の島本副署長がいて、「おはよう」と声をかけられた。

「ちょっと本部に用事があって」と言うが、まるで待ち構えていたかのようだ。白い歯を見せ、話し始める。

「高村さんの記事、読んだよ。うちの駒田も小西一課長もよろこんでた。警察は何もしてないいんじゃないかって、そう思ってる県民もいるからね。触れてくれただけでも、ちょっと助かったかな」

「あ、そうですか」

「橋本検事も張り切るんじゃないの。刑事も検事も生身の人間だから、注目されりゃあ気合が入るものなのよ」

「はい……」

「とにかく、ありがとう」

島本副署長は踵《きびす》を返し、大股でエレベーターへと歩いて行った。

わざわざ礼を言うために待っていたのかと、高村は胸が温かくなった。これだけで少しは元気が出そうだ。

記者クラブに入ると、各社の記者たちが、挨拶とは別に無言の視線を投げかけてきた。この時間にいるのは若手ばかりなので、張り合う気持ちも少なからずある。ライバルの仕事は無視したいのかもしれない。

自分の席につき、パソコンを起動したところで携帯電話が鳴った。ディスプレイを見ると、名倉祐一の叔父の康二郎だった。

早速来たか。苦情を言われるのか、感謝されるのか――。

大きく息を吐いて電話に出ると、挨拶もなく「おたくの記事、読んだけどさあ、どうしてああいう話になるわけ？」と甲高い声でまくしたてた。

浮きかけた気持ちが一気に沈む。

「まず匿名なのがわかんないなあ。最初はちゃんと実名を出したじゃない。どうして、ここに来て男子生徒十三歳、になるわけ？」

「少年の場合、続報だと被害者も匿名がいいのではないか、という社としての判断ですが……」

高村は気を静めて答えた。

「でも、それじゃあわかんないでしょう。うちとしては、《一粒種》だけじゃなくて、名倉呉服店の跡取り息子が死んだんだってことを、改めて書いて欲しかったんだけどねえ」

「しかし新聞は中立の立場ですから」

「そう？　新聞って中立？　弱者の味方であるべきなんじゃないの？　この場合の弱者はどっちよ。被害者遺族でしょう。少しはバックアップしてくれるものと期待してたら、加害者の親の声なんか出してさあ。どういうつもりなの？　読者は向こうにも同情しちゃうじゃない」

「お気持ちはわかりますが、わたしたちは両者の言い分を聞くのが仕事ですので……」

「それはマスコミの責任逃れ。もしかして喧嘩《けんか》両成敗にするつもり？」

「いえ、決してそのようなことは……」

康二郎がとうとうとしゃべり続ける。尖った言葉が耳に突き刺さり、「義姉《ねえ》さんもがっかりしてたよ」と言われるに至っては、島本副署長のくれた元気が木端微塵《こっぱみじん》に吹き飛んだ。

高村は、ここは耐えるしかないと自分に言い聞かせ、聞き役に徹した。

「相手が少年だからという理由で、遺族は蚊帳《かや》の外に置かれてるわけ。そういうやりきれなさっていうか、憤りっていうか、そういう部分を書いてもらわないと意味ないいんじゃない？」

「ええ、しかし……」

「とにかく、こういう記事になって残念だよ。向こうの親なんか、いまだに線香ひとつ上げに来ない。そこをもっと書いてくれるんじゃないかって、期待してたんだけどね。だいたい、いじめの事実がはっきりしてるのに……」

康二郎の電話は二十分以上続いた。その間に登庁した同僚は、高村の電話の相手を察したらしく、席には着かず、ブースの外へ出て行った。携帯だから、本当は自分が廊下にでも出て行きたい。

康二郎は言いたいことを言うと、少しは気が済んだのか、最後に「まあ、取り上げたことだけは評価しましょう」と皮肉めかして言った。

やっと終わったときは、喉がからからに渇いていた。椅子に深々ともたれ、吐息をつく。

そして動揺したままのところに、今度は坂井瑛介の母親、百合から電話がかかってきた。百合には少し前、職場まで押しかけて取材していた。高村の名刺には携帯の番号が記されていて、直接連絡を取ることができる。ネタ集めに有利かと思って記載したが、今日ばかりは後悔している。

百合も抗議だった。追い打ちとはこのことだ。記事中の《歯切れは悪い》の一文が、どうしても引っかかると言うのである。

「歯切れは悪いって、それは記者さんの主張でしょう。あのひとことで、まるでわたしたち保護者が逃げ回ってるみたいじゃないですか」

百合は取材を拒否しなかった。どうせ記事になるのならこちらの言い分も聞いて欲しいと、落ち着いて話してくれた。女手ひとつで子供を育てているせいか、芯の強さを感じさせる女の人だった。協力的だっただけに、抗議されると余計につらい。

彼女の抗議は理解出来なくもなかった。「歯切れは悪い」とひとこと入れるだけで、印象は大きく異なる。メディアの印象操作は、ときには権力者を引きずり下ろすほど、威力のあるものだ。高村は、改めて言葉の怖さを思った。

百合は声を荒らげることはなかったが、心底憂鬱そうに話した。ほかの保護者たちに恨まれるのではないかと、そんな心配もしていた。百合とも二十分以上話をした。高村は記事の趣旨をわかって欲しくて、一所懸命に弁明した。

電話を終えたときにはぐったりして、まるで一日の仕事を終えたときのような疲労感があった。

人影に気づいて振り向くと、一国新聞の長谷部が衝立《ついたて》の横に立っていた。

「別に盗み聞きしてたわけじゃないぞ。電話が終わるのを待ってただけだ」ぼさぼさ頭を掻《か》きながら微苦笑する。

「おはようございます。何か……」

「いい記事だった。それを言いに来た。反響があるってのは、いい記事の証拠だ」

「でも抗議と苦情です」高村は鼻の頭に皺《しわ》を寄せて言った。

「本心を衝かれたからだ。そう思えばいいさ」

「そうですかねえ……。わたし、配慮が足りなかったのかなあって、少し落ち込んでます」

「じゃあ半日だけ落ち込め。午後からは立ち直れ」

「そんなふうに切り替えられるといいんですけど……」

「悩め。世間にすれるな。青臭くなければ新聞記者ではない」

長谷部が詩を朗読するように言う。高村は目の前の先輩記者を見上げた。

「おれが入社したときの上司の言葉だ」

「いい言葉ですね」

「おれの座右の銘だ。でもその上司、役員と衝突して販売局に異動させられちゃったけどな。ははは」

屈託なく笑うので、少し癒された気がした。

そのあと、支社のデスクからも電話があった。地元読者から数件の電話があり、また続報があったら知りたいという意見が寄せられたとのことだ。

「新聞が書かないと、あのニュースはその後どうなったのか、みんなわからないんだよな。地域のことだし、無責任な噂も飛び交うし、正しい情報が欲しいんだと思う。おれも再認識した。高村、この先も取材続けてくれ」

「はい。でも抗議も来ました」

高村が抗議電話の報告をすると、「じゃあまた会って来い。せっかく顔を憶《おぼ》えてもらったんだ」と強い声で励ましてくれた。

自分は一人じゃないと、半分くらいは持ち直した。


生活安全課少年係のベテラン刑事から、未明に補導した中学生が気になるものを所持していたので来てくれないかと電話があった。豊川康平が桑畑署に登庁して、デスクで新聞を広げているときである。

「二中の不良なんだが、例の死んだ生徒の名前が書かれたポイントカードを持っててな。本人はもらったって言うんだが、まあ、簡単に信じるわけにはいかん。お前さんだろう？　いじめた少年たちを取り調べてるのは。関連があるかどうかはわからんが、話を聞きたいなら時間をやるぞ」

その言葉に、康平は「すぐに行きます」と席を立った。

ちょうど今朝、中央新聞の地方面に《中2転落死》についての続報が載っていて、読んで勇気を得たばかりだった。注目されれば、やはり張り切る。

階段を駆け上って少年係に行くと、隅の硬いソファに、少年がタオルケットをすっぽり被って寝ていた。

「こいつですか？」豊川が聞く。

「ああ。井上拓哉《たくや》、中二の十三歳。午前一時過ぎ、深夜徘徊《はいかい》で三田町のコンビニ前にて中学生三名を補導。ほか二名はゆうべのうちに親が迎えに来たが、この少年のところだけ親の携帯につながらねえ。だから一晩、宿直室に泊めた。ここに連れてきても、まだ寝てやがる。図太いガキだ」

ベテラン刑事が鼻をフンと鳴らして言った。

「親は何やってるんですか？」

「両親ともに水商売。さっきようやく母親と連絡がとれたが、店の慰安旅行で今箱根だとよ。子供を置いて呑気《のんき》なもんだ」

「父親は？」

「知らん。女房が留守で羽を伸ばしてるんじゃないのか。はは」

「学校は？」

「これから連絡して迎えに来させる。でも、おまえさんが時間が欲しいというなら、少し遅らせてもいいぞ」

「お願いします」

豊川は協力に感謝し、取調室をひとつ空けてもらった。井上という少年をつついて起こし、個室へと連れて行く。机で向き合うと、遠慮するでもなく大あくびをした。髪は茶色で眉は細く、見るからに生意気そうである。

「おい、井上。おれは刑事課の豊川っていうんだ。少年係のやさしい刑事さんとはわけがちがうからな。そこのところ、覚えておけよ」

豊川がどすを利かせて言う。井上は不貞腐《ふてくさ》れた様子で足を組み、横を向いた。豊川はすかさず机を思い切り叩《たた》いた。

「こらっ！　おれの目を見ろ。足を組むな。背筋を伸ばせ。何度も言わせるな。おれは少年係じゃねえぞ！」

怒声を浴びせると、井上は弾《はじ》かれたように姿勢を正し、見る見る顔色を失《な》くしていった。粋がっていても、所詮は中学生なのである。

しばらく睨《にら》み付け、井上が態度を変えたのを見て、豊川は口調を和らげた。

「おまえなあ、いくら親が留守だからって、午前一時に出歩いてていいわけがないだろう。しかもたばこまで吸ってたそうじゃないか。中学生でたばこはやめとけ。背が伸びなくなるぞ」

井上は黙ったまま小さくうなずいた。

「深夜徘徊と喫煙は置いといて、おれが聞きたいのは別のことだ。おまえ、所持品検査をしたら、財布から名倉祐一君のポイントカードが出てきたそうだな。これはどういうことだ」

「もらった」ぼそぼそと答える。

「ちょっと見せてみろ」

豊川が促すと、井上はズボンの尻ポケットから布製の財布を取り出し、ポイントカードを抜いて机に置いた。取り上げて見ると、確かに「名倉祐一」の名前が印刷されている。

「これはどういうカードだ」

「ゲーム専門店のポイントカード」

「で、おまえは名倉君からもらったって言うんだな」

「うん」

「うんじゃなく『はい』だ。貴様、敬語も使えねえのか！」

豊川が怒鳴りつける。井上は顔を赤らめ、「はい」とつぶやいた。

「いつ。どこで」

「ええと、先月、学校で、です」

「どうしてくれた」

「さあ、わかりません」

「このカードにはいくら分のポイントが溜《た》まってる」

「ええと……五百円ぐらいかな」

「正直に言えよ。調べりゃすぐにわかるんだからな」

「……五千円ぐらい」

「結構あるじゃないか。中学生には大金だぞ」豊川は眉をひそめた。

井上に説明させると、この店は買い物金額の一割がポイント加算され、一ポイントが一円として計算される。つまり五千円分のポイントがあるということは、五万円の買い物をしたということだ。

「名倉は家が金持ちだから、欲しいと思ったゲームやソフトは何でも買うわけ」

「ふうん。それで、五千円分のポイントカードをおまえにくれたってわけだな」

「うん」

また「うん」に戻っている。

「おまえな、名倉君がもういないからって、勝手なこと言ってんじゃないぞ。そんな話、誰が信じると思う。警察をなめるなよ」

豊川は身を乗り出し、もう一度机をたたいた。井上が首をすくめる。

「まあいい。カードの件は別の機会にあらためて聞くとして、おまえ、七月一日の放課後は何やってた」

「……憶《おぼ》えてね」

「名倉君が死んだ日だ」

井上は親指の爪を嚙《か》みながら、少し考え込んだ後、「忘れた」と言った。

「じゃあ別のことを聞くが、今回、補導・逮捕されたテニス部の四人は知ってるよな。彼らは実際、どんなふうに名倉君をいじめてたんだ。おまえの知ってる範囲で教えてくれ」

「知らね」かぶりを振った。

「知らねってことはないだろう」

「知りません」

「いや、言葉遣いのことじゃなくてだな……」豊川は脱力した。

改めて中学生と接し、少年事件の厄介さを実感した。彼らは語彙が乏しい上に、気持ちの伝え方も知らない。誤解を与えそうな言葉を平気で吐き、重要なことなのに省いたりする。

上司の古田に、「少年の供述は疑ってかかれ」と言われたが、その意味が今回よくわかった。少年はうそもつくが、それ以上に伝達能力が低いため、事実をぼやかすことがある。彼らは羅針盤のない船のようなものだ。波に漂い、どこにでも流されてしまう。

「ところで井上、おまえ、二年生の番長か」豊川は話題を変えた。

井上は答えない。

「番長は古いか。はは。すまん。二年生をシメてるのはおまえか」

「……そうだけど」

「テニス部の坂井瑛介と喧嘩《けんか》はどっちが強い」

井上がかすかに顔色を変えた。

「あいつ、でかいぞ。おまえじゃ勝てないだろう」

「そんなことねえよ」一気にむきになった。

「やったのか。坂井と」

「先輩に止められて、やってはいねえけど」

「ふうん。止められてよかったな」少しからかう。

「やれば負けねえよ」井上が目を血走らせた。

「わかった、わかった」

中学生の単純さが、急に可愛《かわい》く思えた。

「井上、これは雑談だ。おれもおまえも、ここだけの話にしよう。名倉君って、どんな生徒だった」

豊川は笑顔を作って言った。

「さあ、よく知らね」

「いじめられっ子だったんだよな」

「ああ、そうだけど」

「おまえもいじめたのか」

「少しはな」

「どんなふうに」

「パシリに使ったり、宿題やらせたり」

「いじめられやすい性格なのか」

「そうなんじゃねえの。いじめられるってわかってて、金魚のふんみてえにあとをついて来るし、生意気な口利くし。ばっかじゃねえかって、いつも思ってた」

井上があっけらかんと言った。同級生が死んでも、仲良しでなければこんなものなのだろう。薄情と言うより無頓着なのだ。

「名倉君が死んで、クラスはどんな感じだ」

「席があるうちは、ああ、ちゃま夫はもういねえのかって思ったりもしたけど、席を片付けたら、みんな忘れたな」

「チャマオ？」

「名倉の綽名《あだな》。家ではお手伝いさんから『お坊ちゃま』って呼ばれてるらしくって、それでついた綽名」

「ふうん、そうか。で、みんなもう名倉君のことを忘れたって？」

「だって、学校にダチなんかいなかったしな、あいつ」

「友だちはいなかったのか」

「ああ。坂井や市川に見捨てられてからでも、金魚のふんやってたし。ありゃあ誰でもイラつくんじゃないの」

「坂井や市川に見捨てられたって、どういうことだ」

「いや……」

井上が急に言い澱《よど》んだ。話したくないことがありそうに見えた。

「おれにも教えてくれよ。取り調べじゃない。雑談だって言っただろう」

「……なんでもね」

「冷たいこと言うなよ。あ、そうだ。おまえ、朝飯まだ食ってないだろう。コンビニでサンドウィッチでも買って来させようか。おにぎりでもいいぞ」

井上が口を閉ざす。表情も消えた。

「おまえ、そこまで言ったら全部話せよ。男らしくないぞ」

「ほんと、なんでもねって」

「おう、言わねえと名倉から取ったポイントカードの件、窃盗にして児童相談所送りにしてやるぞ」

豊川が一転して凄《すご》むと、井上は顔をひきつらせた。

「冗談だよ。怖がるな。おれはそんなことはしない」

相好をくずし、手を伸ばして肩を叩く。井上はやじろべえのように左右に大きく揺れた。

豊川が触れた少年の肩は、いかにも十三歳のそれらしく、細くて華奢《きゃしゃ》なものだった。


校長と教頭が両手に紙袋を提げて訪れたのは、新聞に記事が載った翌日のことだった。記事を読んでこれ以上先送りしてはまずいと思ったのか、その日に電話がかかってきて、面会を求めてきた。

名倉寛子は、冷ややかな気持ちで面会を受け入れた。ここまで後手後手に回る校長たちを見ていると、苛立《いらだ》ちを通り越し、絶望感すら湧いてくる。もはや学校には真相究明を期待できそうにない。となれば、自分がちゃんと要求しなければならない。向こうは、これ以上事を荒立てたくないだけなのだ。

康二郎を呼んで同席してもらおうかどうか迷ったが、今回は一人で会うことにした。頼ってばかりもいられないし、義弟のはしゃぎっぷりも最近では気になるようになっていた。昨日も電話をかけてきて、新聞記事について「高村って記者には文句を言っておいたから」と、恩着せがましく言った。

寛子はあの記事に満足していなかったが、取り上げてくれたことは評価していた。高村という若い娘は、無神経な突撃取材をする記者には見えなかった。葬儀のとき、息子を失った母親の心情を訴えたら、目に涙を浮かべていた。きっといじめの加害者の親に対しても、同じように感情移入したのだろう。誠実と言えば誠実だ。

校長たちが携えてきた荷物は、生徒たちの作文のコピーだった。昨日時点で保護者の承諾を得られた分を持参したと言う。

「遅くなって申し訳ありません。わたくしどもの不手際で、保護者会に説明もないまま始めてしまったため、予想外の反発を招いてしまいまして……」

応接間で向き合い、校長と教頭が頭を下げた。

冷たい麦茶は出したが、冷房は入れなかった。寛子自身が体調不良で、体を冷やしたくないからだ。

「新聞はお読みになりましたか」寛子が聞く。

「はい。読みました」

「あの記事の最後にも出てきましたが、あれだと遺族が我儘《わがまま》を言って、学校を困らせているようなニュアンスなんですよね。わたし、それが辛《つら》くて、辛くて」

「いえ、決してそのようなことは……」

「でも、保護者のみなさんの反発も、結局は全校生徒に作文を書かせて、それを読ませて欲しいという、わたしたちへの反発なんですよね」

「そういうことはないと思われますが……」校長が答えに窮した。

「もう手遅れですが、わたしとしては、学校主導で行い、保護者会からの苦情にも盾になって欲しかったと……」

「はい……」

「虫がいい話だとは思います。でも子供を亡くした親としては、これくらいの庇護《ひご》はあってもいいのではと……」

「ええ、ごもっともです。わたくしどもの配慮不足でした」

校長が、ハンカチで額の汗を拭いて言った。見るからに暑そうだ。

「扇風機、お出ししましょうか。わたし、ずっと体がだるくて、家の冷房は切ってあるんです」

「いえ、お構いなく。失礼して扇子を使わせていただきます」

教頭と二人揃《そろ》って扇子を取り出す。目の前で鳩《はと》の羽のようにパタパタと扇《あお》いだ。この暑さの中、扇風機を用意しなかったのには、意地悪な気持ちも少しはあった。本当は、麦茶も出したくないのだ。

「それで、読ませていただける作文はどれくらいあるんですか？」

寛子が聞いた。

「数にしてざっと四百三十ですから、九割を少し切るくらいでしょうか」

「そうですか。でも一割以上の親御さんが拒否なさったわけですよね」

寛子は重いため息をついた。自分の行動を快く思っていない親が複数いる。その現実だけで、充分過ぎるほどつらい。

「そうですね。でも、中にはこちらで排除したものもありますから……」

「排除といいますと？」

「不適切な作文です。子供が書いたものですから、悪気はなくても配慮不足と言うか、あけすけと言うか、そういうものがいくつかあって、わたくしの判断で排除しました」

「読ませてください」寛子は即座に切り返した。「そういうのも、読ませてください」

「いや、しかし……」校長が顔をゆがめた。「今の子供はインターネット世代のせいか、《死ね》だの《殺す》だのといった言葉を平気で使います。それは対話ではなくひとりごとのような罵声で、とてもじゃないですがお読みいただくようなものではないんです」

「うちの祐一は《死ね》って言われてるんですね」

「いえいえ、さすがにそこまでの文言はありませんが、無神経極まりない作文も中にはあるわけです。これについては、担任を交えて別の機会に指導をせねばと考えているところで……」

「とにかく、保護者が拒否しているもの以外は全部読ませてください。当たり障りのない、優等生の模範解答を読まされても、真相は何もわからないと思うんです」

「しかし名倉さん、校長であるわたくしが言うのも何ですが、本当に中学生というのは、変わったことをしたいばかりにわざわざ人を傷つけたり、事実を誇張したり……」

「いいんです。予想はつきます。祐一はいじめられっ子でした。そこから目を背けても何も得られません。覚悟はしてます」

寛子は言いながら、自分を鼓舞した。本当は覚悟なんて出来ていない。ただ、何かの後押しがなければ、自分は現実から逃避するだろうなという思いがある。だから作文は渡りに船だ。ひどい傷つけられ方をするのかもしれないが、ここで立ち向かわないと、祐一を見捨てることになる。息子の苦しみの、何割かでも自分が引き受けたい。

「わかりました。それでは学校に戻り次第、排除した作文をバイク便か何かでお届けします」

「お願いします」

「繰り返しますが、読むに堪えない作文が混ざっています」

「わかってます」

校長がくどいので、つい語気強く答えてしまった。

「名倉さん、それからもうひとつ、お話ししなければならないことがありまして……」

校長が扇子を閉じ、居住まいをただして言った。

「以前、お伺いしたとき、警察とは別に学校も調査をするべきだというご指導を受けましたが、それについては教育委員会とも話し合いました結果、学校は独自調査をしないという方針を決めました。ですから警察の事情聴取が完了するまでは、生徒たちも処分保留ということです」

「そうですか」寛子は顔が熱くなった。これは開き直りなのか。

「祐一君の転落死との関連性はともかく、いじめについてだけでも、何らかの処分を下すべきだという声もありましたが、警察と並行して調査するというのはなかなか難しいものでして……。どうかご理解ください」

前回と打って変わって、校長は落ち着いていた。想定問答集でも作って臨んだかのようだ。実際、そうかもしれない。

「ひとつお聞きしたいのですが、市川君や坂井君は、テニスの夏の市大会に出場するんですか」

「はい。そういうことになります。テニス部は一週間の活動停止処分を受け、すでに解かれました。ですから、出場します」

「自ら辞退するとか、そういうこともしないんですか」

寛子の喉に胃酸が込み上げた。同時に憤怒の感情が湧き起こる。

「あの子たちは、祐一が死んでも、喪にも服してくれないんですか」

校長が返事に詰まった。教頭に視線を向けると、さっと目をそらされた。

「これってあんまりじゃないですか。せめて喪に服させてください。大会は辞退してください」

学校であの子たちとその親に通告してくださ

急に言葉が溢《あふ》れ出た。これまで抑えていた気持ちが、爆発しかかっている。

「校長先生、答えてください。わたしの要求は間違ってますか」

「いえ、間違ってはいないと思います」消え入りそうな声で答えた。

「じゃあ、ただちに通告してください。祐一が死んで、まだ四十九日も過ぎていないというのに、市川君や坂井君や、金子君や藤田君は、テニスの大会に出るって、遺族の感情を何だと思ってるんですか。あまりに不条理じゃないですか。祐一はテニスどころか、ゲームで遊ぶことも、好物のハンバーガーを食べることも、笑うことも、怒ることも、何も出来ないんですよ。ひどい話じゃないですか。わたしは絶対にいやです。あの子たちが大会に出ることに、断固反対します」

寛子は全身が震えた。こんなに声を荒らげたのは、たぶん生まれて初めてだ。でも言わなければならないと思った。おとなしくしていたら、なかったことにされるのだ。

校長たちは下を向いたまま黙ってしまった。寛子は荒い息を吐いている。

沈黙の中、そよ風が吹いて、縁側の風鈴をチリンと鳴らした。

18

キャンプが終わると翌日、すぐに緊急学年集会が開かれた。六時限目のホームルームをつぶし、二年生全員が体育館に集合させられた。安藤朋美は大いに不満だった。自分たちは何もしていないのに、どうして一緒に説教されなければならないのか。

集会が何のためかは聞いてなかったが、運動部の男子たちが夜中にテントを抜け出して悪ふざけをした件についてだと、誰もがわかっていた。あのとき以来、学年はその噂《うわさ》でもちきりなのだ。

一番の噂は、どの男子がどの女子のテントに押し掛け、サインをもらったかだ。健太は同じテニス部の渡辺由加里だったらしい。「うっそー。市川君って渡辺さんに気があるんだ」と、女子たちは大盛り上がりである。内心ショックを受けている子も中にはいることだろう。

そしてサインを頼まれた女子は、ちょっと鼻高々である。朋美はその一人だ。相手がサッカー部の石田というのが、イマイチよろこべないのだが、恋愛に関わる何かが自分の身に降りかかるというのは、女子中学生にとっては大いなる勲章である。口では無関心を装ったが、浮き立つ気持ちを抑えられなかった。

リレー競走に参加した運動部の男子たちも、どこか得意気だった。「罰として学校の周りのドブさらいをやらされるらしい。冗談じゃねえぞ」と言って顔をしかめているものの、何かにつけてあの夜の話をしたがる。総勢で四十人を超える集団の悪戯《いたずら》だから、罪の意識も薄れるようだ。

ただし、テニス部の面々は憂鬱そうだった。同じ部員の名倉が約束を破って先生に告げ口してしまったからだ。中でも健太は責任感が強いのか、「先輩に顔向けできねえよ」と、ため息ばかりついていた。瑛介も元気がない。ずっと黙って考え事をしている。

B組の愛子の話によると、名倉がいじめに遭っているのではないかと心配した担任が、キャンプ二日目の朝一番で名倉を呼びつけ、「全部正直に話しなさい」と迫ったら、名倉は本当にリレー競走のことを話してしまい、全部ばれてしまったらしい。教えてくれた愛子まで、「名倉ってサイテー」と不愉快そうだった。傍観者でこうなのだから、当事者の男子たちはさぞや頭に来ていることだろう。きっと名倉は制裁を受けるにちがいない。けれど朋美も、あまり同情する気にはなれない。

体育館は蒸し暑かった。窓も戸も開け放たれているが、風が吹かないので、人いきれでたちまち全身が汗ばんだ。

学年集会は中村がマイクを手にして始まった。のっけから「全員、その場に正座しろ」と命令し、生徒の体育座りを直させた。先生たちは、生徒を取り囲むように立っている。

「みんなも知ってのとおり、昨日一昨日のキャンプで、一部男子生徒が夜中にテントを抜け出してゲームのようなことをしていた。これから名前を呼ぶものは、前に出て一列に並べ。まずA組の市川、坂井、長谷川、広瀬……」

次々と名前が呼ばれ、男子たちがうなだれて前に出て行く。名倉の名前も呼ばれた。自分の意思でテントを抜け出したのだから当然だろう。

意外に思ったのは、不良グループが一人も入っていないことだった。そもそもB組の井上たちが、名倉をいじめたのが発覚の発端であると、噂では聞いたのだが……。

気になって視線で探すと、井上は正座をせず、不貞腐《ふてくさ》れた態度で足を投げ出していた。

リレー競走に参加した男子たちが前に並ぶ。やはり四十人を超えていた。野次馬も交ざっているようだ。

「今のうちに言っておく。ほかにも門限を破ってテントを抜け出した者がいたら正直に名乗り出ろ。あとでわかったら、さらに重い罰を課す。どうだ、ほかにはいないか」

中村が生徒を見渡す。名乗り出る生徒はいなかった。

「よし。みんな、規則を破った馬鹿者たちの顔をよく見ておけ。集団生活を乱す人間の顔だ」

中村が並ばせた生徒のうしろを歩きながら言った。姿勢の悪い男子には「気をつけ」と大声を発し、尻を叩《たた》いた。

「みんな、よく聞け。どうして学校に規則や決まり事があるかわかるか。それは君らが大人になったとき、社会には法律というものが待ち構えているからだ。それが守れないものは、法律で裁かれ、刑罰が科せられる。自分勝手は許されないということだ。だから、そのための訓練として、学校にも規則がある」

中村が熱を込めて演説するものの、真面目に聞いている生徒はいなかった。こんなありきたりの説教に、誰が心を動かされるというのか。

「服装にしたってそうだ。どんな恰好《かっこう》をしようが、他人に迷惑をかけていない。その通りだ。しかしそれでよしとしたら、人間はいくらでも堕落するし、自己中心的になる。それじゃあいけないから、規則が君らを律し、道から外れないように守っているんだ。そういうこともわからないで、勝手なことをして、先生たちは本当にがっかりした」

朋美はあくびを嚙《か》み殺す。ふと気づくと、隣の列の男子たちが紙切れを回し読みしていた。

「ねえ、わたしにも見せてよ」朋美が手を伸ばした。

男子が丸めて放り投げる。先生に見つからないようにそっと開くと、そこには殴り書きで《ちゃま夫はハブる》と記されていた。

ハブるとは「省く」の言い換えで、無視するという意味だ。そうか、名倉祐一はこの先男子生徒から無視されるのか。彼は多くの男子を怒らせてしまったようだ。

朋美は肩をすくめ、紙切れを男子に戻した。

「ねえねえ、何?」うしろの女子に背中をつつかれた。そのまま教えてやると、伝言ゲームのようにささやき声で伝わっていった。放課後にはほとんどの生徒が知ることになるのだろう。

中村はまだしゃべり続けている。

「先生は悲しい。どうして門限破りを止める生徒がこの中にいなかったのか。先生に知らせてくれる生徒がいなかったのか――」

いるわけないじゃん――。朋美は心の中で茶々を入れた。おそらく全員が同じ気持ちだ。教師たちは自分が中学生のとき、大人に告げ口をしたというのか。もしそうなら、とても嫌な奴だ。中学時代のことはもう忘れたのだろうか。それが不思議でならない。

結局、テントを抜け出した男子たちには、反省文の提出とドブさらいが課された。健太と瑛介は、憮然《ぶぜん》とした顔で宙をにらんでいた。

原稿用紙三枚の反省文なんて、嫌がらせ以外の何物でもない。本心では悪いと思っていないのに、いったい何を書けというのか。

市川健太はもう一時間以上、机に向かって苦しんでいた。一行も進まない。今にも耳から煙が出そうである。

さっき藤田から携帯に電話がかかってきて、「反省文、三枚も書けねえよ」と泣き言を言うので、「升目を無視して習字の筆で書くか」とジョークを飛ばして二人で笑ったが、本当にそうしたい気分だ。

インターネットで反省文の書き方を検索したら、例文でもヒットするのではないか。そんなことを思いつき、パソコンのある下の階に降りると、父親が会社から帰宅していて呼び止められた。

「おい健太。おまえ、キャンプで悪さをしでかしたんだって？　学校からの手紙によると、集団で夜中にテントを抜け出して、運動会をやってたそうじゃないか」

父はダイニングテーブルでお茶漬けを食べていた。怒っている様子はない。

「うん、そうだけど」

「複数名って書いてあるが何人だ」

「四十人以上」

「おまえが首謀者か」

「ううん。伝統行事だから、誰が首謀者ってわけじゃないけど」

「面白かったか」

「うん。まあね」

「いたずらも付き合いのうちだが、危ないことはやめておけよ」

「ああ、わかった」

とくに叱られることはなかった。

中学生になってから、父との会話は一気に減った。互いに避けているようなところがある。父と二人きりになると気づまりで仕方がない。

「おとうさん、ちゃんと注意して。名倉君にズボンを脱がせて、無理矢理川に入らせたのよ」

母が流しで後片付けの手を休めて言う。

「健太、どういうことか説明してみろ」と父。

「なんでもねって。ただの悪ふざけ」

「いじめはいかんぞ」

「してねって」

健太は目を合わさずに答え、居間でパソコンを起動させた。

あの夜、名倉を川の中州に行かせて水を浴びせていじめたのは、健太と瑛介ということになっている。井上がいち早く口止めしたからだ。翌朝、担任より先に名倉を呼びつけ、「おれらの名前を出したらぶっ殺す」と脅したらしい。だから名倉は、井上たちにズボンを脱がされたことには口をつぐんだままで、健太と瑛介のせいにされてしまった。

これに関して、健太はかなり頭に来ている。どうせ白状するなら、井上たちのことも話すべきなのである。それなのに、ちょっと脅されただけで肝心なところは言わず、人に濡《ぬ》れ衣《ぎぬ》を着せた。

健太はよほど井上の名前を出してやろうかと思ったが、瑛介に「やめとけ」と止められた。「仲間を売ることはねえだろう」というのが瑛介の言い分だ。

「あんな奴のどこが仲間だ」と反論したら、「とにかく、告げ口は好きじゃねえんだ」と語気強く言った。納得がいかないので、少し言い合いになった。

インターネットで検索したら、本当に「反省文・謝罪文の例文集」が出てきた。

「やったー」健太は思わず万歳した。

「どうかした？」台所から母が聞く。

「なんでもね」

「お兄ちゃんね、ネットで反省文の見本を探してたんだよ」

横からのぞいていた妹が告げ口した。

「うるせえな。あっちに行ってろ」肘で追い払う。

瑛介に教えてやろうかと思った。やっぱり親友だし。

早速プリントして二階に駆け上がった。


翌日の昼休み、テニス部の先輩から招集がかかり、給食のあとで二年生部員が部室に集められた。もちろんキャンプの件である。三年生は昨日、進路説明会があり、部活には出てこなかった。だから今日が報告の日になる。健太も瑛介も、叱られることは覚悟していた。

普段は人を笑わせるのが好きなキャプテンの島田も、この日は冷たい表情をしていた。

「おまえら全員正座しろ」静かに声を発する。健太たちは言われたまま、床に正座した。

「昨日、野球部から詳しい話を聞いた。我が二中の伝統である、キャンプの夜の運動会が中止されたとのことだ。市川、お前からも事情を聞く。あったことを全部話せ」

健太は正座したまま、あの夜の出来事を話した。名倉がついてきたこと、不良たちも現れて絡まれていたこと……。先輩たちには井上たちの所業も隠さなかった。自分がそこまで被《かぶ》るのはあまりに理不尽だし、教師に告げ口するのとは性質がちがうと判断した。

「よし、わかった。先生に見つかったのは仕方がない。不良どもが逃げたのも仕方がない。問題はそれをテニス部だけで食い止められなかったことだ。わかるか？　おれがいちばん情けないのは、見つかった人間が簡単にチクッたことだ。キャンプの前に、おれはちゃんと言ったはずだ。先生に見つかったら、その人間が全部被ること。言ったよな？　市川、聞いただろう？」

「はい、聞きました……」

「どうして約束を守ってくれなかった。今、学校でうちの部はなんて呼ばれてるか知ってるか？　チクリ部だぞ。おれは恥ずかしくて廊下も歩けねえだろう」

だんだん声が大きくなった。頬に赤みがさしてくる。

「ところで名倉はどうした。チクッた張本人がなんでいねえんだ」

島田に問われ、健太は振り返った。名倉がいない。気づかなかった。午前中、廊下で見かけたはずだが。

「名倉は早引けです」二年生の誰かが言った。

「逃げたか、あの野郎」ほかの三年生が声を荒らげた。

「おまえら、連帯責任だからな」

「部をなめてんのか」

「二年生全員、ヤキ入れてやろうか」

三年生が口々に罵る。気が治まらないのか、一人が目の前の二年生を蹴飛ばした。それが合図ででもあったかのように、何人かの三年生が二年生に蹴りを入れた。

島田は加わらなかったが、止めもしなかった。健太も蹴られた。正座して足蹴にされるのは、えも言われぬ屈辱があった。

最初は軽く蹴る程度で、それほど痛くなかったが、三年生たちは徐々に鼻息が荒くなり、力を込めて蹴りだした。

元々、テニス部は上下関係がさほどきびしくなく、上級生から下級生への暴力はなかった。しごきもない。だからいつもの先輩たちではない様子に、健太は驚きを覚えた。

「おらっ。何とか言ってみろ」

「おまえら、ケジメつけさせるぞ」

罵声がどんどん大きくなった。普段はおとなしい先輩までが、顔を赤くしてわめいている。健太は髪をつかまれ、左右に振られた。瑛介だけには、誰も手を出さないのだが。

藤田が膝蹴りを顔面に食らい、鼻血を出した。床にどす黒い血が垂れる。

「おいおい、それくらいにしとけ」

やっと島田が止めた。それでも何人かの先輩は暴力をやめない。

「おい、やめろって」

二度言って、やっと止まった。

「誰かティッシュ持ってるか。鼻に詰めてやれ」

応急処置をし、藤田はベンチで仰向けにされた。

「いいか、おまえら。今日の放課後、野球部から順に回って謝罪して来い。みんな怒ってる。土下座してでも許してもらって来い。それが済むまで部活禁止。その後一週間はラケットもボールも使用禁止。サーキット・トレーニングのみ。いいな」

島田の言葉に二年生は意気消沈した。これで勘弁してもらえないのか。

「返事しろ！」

「はい！」「はい！」「はい！」

「昼休みが終わるチャイムが鳴るまでここで正座だ。動くんじゃねえぞ」

そう言い残し、三年生たちはぞろぞろと部室を出て行った。

入り口を見ると、廊下にはほかの運動部の野次馬がいて、冷たい目でせせら笑っていた。健太は恥ずかしさで顔が熱くなった。

「おい、誰かちゃま夫のケータイに電話しろよ」

一人が言い出し、金子がかけた。

「つながらねえ」

「じゃあメール打っとけよ。明日来たらリンチにしてやるって」

「そんなことしたら、あいつズル休みするぞ」

「じゃあ待ち伏せてボコるか」

「とにかくハブるだけじゃ気が済まねえな」

藤田がベンチから起き上がって言う。鼻血が白いシャツを汚していた。もういいだろうと、みなで正座を解いた。各自ズボンの汚れを手で払い、しびれた足を揉《も》む。

「おい市川。どうする。この件に関してはおまえがリーダーだろう」

「とりあえず名倉の話を聞いて――」

「市川、甘《あめ》えー。ちゃま夫の何の話を聞くんだよ。問答無用でボコるっきゃないだろう」

「わかった。名倉が登校してたら、明日の昼休み、二年生は部室に集合」

「ところで放課後、誰が謝りに回るんだ」

「おれが行くよ。全員でぞろぞろ行くことはないだろうし」健太が言った。

「おれも行くわ」瑛介が手を挙げてくれた。

ほかは誰も名乗り出ず、二人で謝罪に回ることになった。

「しかし、ちゃま夫、学校フケるかねえ。余計に周りを怒らせるだけだろう。度胸があるのかないのか、わかんねえよ」

「ビビっただけなんじゃねえの」

「いや。でも午前中、フッーに笑ってたぞ」

「先公にチクるわ、空気は読めねえわ、おれ、あいつだけはわかんね」

「おれも」

「テニス部だって、こんだけ下手ならフッー辞めね？」

「おれなら辞める。もう一年生に抜かれてるしな」

「それなのに、シューズとか、ラケットとか、すげえいいやつ買って自慢するだろう。どういう神経なんだ？」

「わかんね。存在がミステリー」

みんなで口々に、名倉の理解しがたい性格をあげつらった。

「なあ健太。ちゃま夫を除名するってのはアリなんじゃねえのか」

藤田が言った。「おう」「アリ、アリ」ほかからも同意の声があがる。

「名倉は除名にしましたって言えば、ほかの部も納得するだろう」

「でも除名なんて出来るのか。そんな権限おれらにないぞ」と健太。

「退部届出させろ。もうおまえは辞めてくれって」

「おれが言うのか」

「じゃあ。おれが言ってやるよ」藤田が鼻息荒く言った。

「まあ待て。とにかく放課後、おれと瑛介で謝罪に回るから、その結果次第だ」

「やさしいなー。次期キャプテンは。ホトケの健太だな」

「ちゃかすんじゃねえよ」健太は藤田をにらみつけた。

チャイムが鳴り、部室を出た。外廊下にたむろしていたほかの運動部が「大変だねー。部に宇宙人がいると」とからかった。健太は、

「うるせえよ」とつぶやくだけで、言い返すことは出来なかった。

放課後、健太は瑛介と二人で各運動部を謝罪に回った。部員たちはみな一様に冷ややかで、事情を知っているはずの二年生も、さほど同情してはくれなかった。

野球部の三年生からは、「おまえら、伝統に泥を塗ったんだぞ。OBまで侮辱したことになるんだぞ」と長々説教をされたうえ、便乗して、雨天時の練習場所での割り振りにまで難癖を付けられた。テニス部は邪魔だと言う。謝るしかないというのは、なんと辛《つら》いことなのか。

体の大きな瑛介が隣にいるおかげで、暴力行為はなかった。名倉と一緒だったら、腹いせにビンタのひとつも食らっていたにちがいない。

部室棟では、テニス部の二年生が各部室の窓ガラスを拭いていた。健太と瑛介だけに謝罪を押しつけるのは悪いとほかの部員が言い出し、各運動部へのお詫《わ》びのしるしとして、自主的に始めたのだ。健太は仲間の友情に胸が熱くなると同時に、ますます名倉が許せなくなった。顔を思い浮かべるだけで、胃がむかむかしてくる。

名倉祐一の悪口は、女子の間でも飛び交っていた。せっかくの楽しいキャンプを、後味の悪いものにした張本人だから、同情の余地はない。それも、見つかった者が罪を被るという取り決めを破って、運動部のみんなでテントを抜け出したことを先生に告げ口をしたのだ。

いきさつはほとんどの女子が知っていた。井上に脅されたため、不良たちの名前だけを出さなかったのも不評を買った。

安藤朋美は、健太と瑛介が意気消沈している様を見るのが辛かった。とくに瑛介は、川の中州に取り残された名倉を見捨てずに、自分から罪を被るため名乗り出た恩人だ。その恩人を平気で裏切るとは、女子からしてもわからない。

朋美は、卑怯者《ひきょうもの》を初めて身近に見た気がした。小学生までは、人格を取り沙汰されることはほとんどなかった。意地悪な子も、乱暴な子も、うそをつく子もいたが、卑怯な子はいなかった。それはまだ無垢《むく》だったこともあるが、上に大人がいて、責任が問われなかったからだ。

中学生になって、自分たちの世間を持ち、同時に信用が必要になった。朋美だって、友だちから信用されたいと強く思う。名倉は幼いから、それがわからないのだ。

B組の愛子によると、今日の名倉は普通に登校してきて、とくに変わった様子もなく授業を受けているらしい。

休み時間、廊下でおしゃべりしているとき、朋美が聞いた。

「名倉君って、男子からハブられてるんじゃないの？」

「そうだけど、元々クラスに友だちなんかいないし、効果なかったりして」

「鈍感なの？」

「うん、それそれ。鈍感。打っても響かない土器。ほんと、少しは落ち込めっていうの」愛子まで憎々しげに言う。

廊下からB組の教室をのぞくと、名倉は井上を取り巻く男子の輪にいた。誰からも話を振られないが、一緒になって笑っている。

井上だけは言いつけなかったので、そばにいればいじめられないと計算しているのだろうか。

井上は携帯電話をいじっていた。どうやら、名倉の携帯を取り上げてゲームをしているらしい。

「あの子、学校にケータイ持ってきてんだ」

「最新のスマホ。休み時間なんかいつも取り出して、ゲームやってる」

「なんかむかつく」朋美までつられて言った。

朋美も携帯電話を持っているが、学校への持ち込み禁止の規則を守っている。というより、親が朝取り上げるので、持っていくことが出来ないのだが。

「ときどきリュック背負って学校に来るけど、革のリュックだもんね。びっくりする」

「よく親も買い与えるね」

「あの子、家が呉服屋じゃん。それも支店がいくつかあって、叔父さんの店は洋品も扱ってるからって、バッグも仕入れ値で買えるんだって。名倉の奴、わたしらに向かって、おまえら店でおれの名前出したら一割引きにしてくれるよう頼んでやってもいいぞって。ばっかじゃねえの。誰がオメーなんかに頼るかってえの」

愛子が乱暴に言い、目を吊《つ》り上げた。こんな一面があるのかとおかしくなった。

「男子に威張れないから、女子に威張ってるんだね」

「サイテー。わたし、ちゃま夫なら喧嘩しても勝てそうな気がする」

「あははは」朋美は手を叩いて笑った。

「今日、運動部の子たちに呼び出されて、土下座させられるんでしょ」

「うそ。そうなんだ」

「そういう噂。サッカー部の子が言ってた」

そのとき名倉が廊下に出てきた。朋美たちの前までやって来て、

「そこどけよ。おれのロッカーだぞ」と偉そうに言う。朋美と愛子は靴のロッカーに腰掛けていた。

朋美はその言い方にカチンときた。瑛介なら「ちょっとどいて」と言うくらいだ。健太なら冗談を混ぜて笑わせるだろう。これだから女子にも嫌われるのだ。

「名倉君、A組の市川君と坂井君にちゃんと謝った？」

愛子が言った。予期せぬ問いかけに朋美は少し驚いた。

「うるせえな。おまえらに関係ねえだろう」名倉が甲高い声で言い返す。

「せっかく庇《かば》ってくれたのに、どうして先生に告げ口するのよ」

「うるせえって言ってんだろう。どけよ」

名倉の顔が引きつった。精一杯虚勢を張っているのだろう。

朋美と愛子はロッカーから下り、場所を譲った。

名倉は扉を開けて、中から洒落《しゃれ》た水筒を取り出して、その場でラッパ飲みした。

「それ何よ」愛子が聞いた。

「冷やしたポカリスエット。水道の水ってまずくね？　ぬるいし」

「ママが持たせてくれるんだ」

「うるせえな」

「告げ口したこと、ちゃんとママにも話した？」なおも愛子が絡んだ。

「うるせえ」名倉がさっと顔色を変え、愛子の脛《すね》を蹴飛ばした。

「痛いじゃない。何するのよ」愛子が蹴り返す。

「やめなさいよ」

朋美も反射的に名倉の背中を叩いた。女の子に手を上げる男なんて絶対に許せない。

名倉は、「ばーか」と小学生のような捨て台詞《ぜりふ》を吐いて、教室へと戻っていった。

「何よ、あのクズ。みんなからハブられてることも知らずに。こうなったら女子もハブってやる」

愛子が鼻息荒く言った。

「シカトだよねえ、あんな奴」

朋美も腹が立った。しおらしく反省していれば、まだ可愛《かわい》げがあるものの、周りがどれだけ怒っているかも理解していないなんて。

「やっぱ馬鹿だ」愛子が言いきった。

「うん。ありえない馬鹿」朋美も同意した。

いっそ健太と瑛介に、今の振る舞いを言いつけてやろうかと思った。名倉など運動部の男子たちに小突き回されればいいのだ。

「ねえ、ちゃま夫が土下座させられるの、見に行きたいね」と愛子。

「うん。女子を誘ってのぞきに行こうか」

「じゃあ朋美、市川君たちの動きを監視すること」

「オッケー」

朋美の中で、少なからず心浮き立つものがあった。女子は喧嘩が出来ないから、男子の揉め事に首を突っ込むのは、ちょっとしたスリルだ。

昼休み、市川健太は、テニス部の二年生に部室に集まるよう招集をかけた。藤田には、名倉を連れてくるよう命令しておいた。藤田は「ぜってえ逃がさん」と目を血走らせて言った。昨日、顔面に膝蹴りを食らって、鼻がたんこぶのように腫れていた。藤田にしてみれば、これは名倉のせいなのだ。

テニス部だけで済ませるつもりだったが、野球部やサッカー部から、「おれらにも謝罪させろ」と迫られ、加えることにした。彼らも三年生に「伝統を壊しやがって」と散々説教されたらしい。

給食を急いで済ませ、部室に行くと、すでに十人以上の二年生が集まっていた。

「ちゃま夫、さすがに今日は暗い顔してたな」一人が言う。

「そうなのか」

「ほかの部がおまえに土下座させるって怒ってるぞって言ったら、なんでだよーって」声色を真似《まね》て冷笑した。

「馬鹿野郎。昨日は敵前逃亡しただろうが。みんなが怒ってることをわかってて、よくそういうことが言えるな」

「とことん空気が読めねえ野郎だな」

「で、市川。どうすんだよ」

「謝らせるさ」そう聞かれ、健太が答えた。

「それからだよ」

「とくに決めてねえけど……」

「鉄拳制裁アリか」

「それは……」健太は返事に詰まった。尻を蹴飛ばすぐらいのことはしてやりたいが、人数が多いので、全員がやったら大怪我《おおけが》につながる可能性がある。

「とにかくゴメンじゃ済まねえぞ」

「わかってるよ」

集まった二年生はどこか高揚していた。人を裁くのは、全員が初体験だ。

裏切りと逃亡。こんなにわかりやすい悪役がいるとは、まるで漫画みたいである。

そこへ藤田が名倉を連れてやって来た。

「みなさん、お待たせ。ちゃま夫クン、登場」

藤田が残酷に笑って言った。名倉は蒼白《そうはく》の面持ちで立ち尽くしている。

「突っ立ってねえで中へ入れ」

藤田が背中を押し、名倉はよろけて中央まで歩み出た。

入り口に目をやると、廊下にはたくさんの野次馬がいた。健太はドアのところまで行って、「見世物じゃねえから。あっちに行ってってくれ」と言った。

野次馬の中には女子も相当数いた。この話はもはや学年中が知っているようだ。同じクラスの朋美もいた。

「なんでおまえまでいるんだよ」

「いいじゃん。どこにいたって」口をとがらせて言う。

「見物ならお断り」

「けち」

朋美の言葉を浴びながら、健太はドアを閉めた。

部室の中にはほかの運動部員も含めて二十人近い男子がいた。汗と整髪料の匂いが立ち込める。人いきれでむせてしまいそうだ。

頭ひとつ大きい瑛介は、開け放った窓から外を見ていた。

名倉を真ん中に立たせ、健太が言った。

「さあ、名倉。どういう用かわかってんだろうな。おれらは、おまえのせいで先輩たちにこっぴどく叱られちまったよ。おまけにほかの部にも迷惑をかけて、テニス部は学校の笑い者だ。そもそも、どうして担任にチクッたんだ。言ってみろ」

名倉は口を真一文字に結び、下を向いた。

「黙ってちゃわかんねえだろう。何か言えよ」

それでも名倉は黙りこくる。

「おい、ちゃま夫。おれの鼻を見ろ」

藤田が前に出て、名倉の顔をのぞき込んで言った。

「昨日、先輩に膝蹴り食らって大流血だよ。シャツまで汚しちまって、親を誤魔化すのに苦労したよ。どうしてくれんだ、この野郎。シャツ代、弁償してくれるか？」

名倉は目を逸《そ》らし、ただじっとしている。

「黙ってちゃ、わかんねえだろう」

藤田が名倉の髪をつかみ、上下に振った。そして腹部に膝蹴りを入れた。名倉がその場にうずくまる。

健太は一瞬止めに入りそうになったが、動かなかった。自分だって昨日は先輩に蹴飛ばされている。

「何とか言えよ、この野郎！」

藤田は、丸くなった名倉の背中に罵声を浴びせた。

「なあ、市川。このままだと先に進まないんだけどね」野球部の一人がうんざりした顔で言った。

「とにかく、詫びを入れさせろよ」サッカー部の男子は鼻で笑っている。

健太は名倉を立たせ、耳元で言った。

「おまえ、みんなに迷惑かけたんだから、ここでちゃんと謝罪しろ。

いいな」

しかし名倉は反応しない。唇をかんで、黙ったきりである。

「名倉、何か言え」

再度せっついても、身を硬くして下を向くだけだった。

「おい、時間の無駄だろう。明日になるぞ」

「市川、ちゃんと謝罪させろ」

焦《じ》れてきたほかの運動部員たちが口々に言った。

「ヤドカリかよ、てめえは。どこに閉じこもってんだ」

「土下座させろ、土下座」

名倉は依然口を開かない。

「何よ、これ。意味わかんね。謝りたくねえってか？」

「ちゃま夫、ほんとは悪いと思ってねえんじゃね？」

だんだん怒りの声が大きくなった。

「もう我慢できね。一発蹴らせろ」

サッカー部の一人がそう言って、名倉に近づき、腰のあたりを蹴飛ばした。名倉がそれを受け、顔を一層青くする。

「おい、引き上げようぜ。チクリ部なんかにこれ以上付き合ってられっかよ」

サッカー部が輪から外れ、部室から出て行く。

「じゃあ、おれらも行くか。時間の無駄だしな」

野球部も後に続いた。ほかの部もぞろぞろと出て行く。彼らから軽蔑の目を向けられ、健太は恥ずかしさで顔が熱くなった。

名倉は口を閉ざしたままだ。ちゃんと謝れば、まだみなが許した可能性はあった。許さなくても、少しは気が治まったはずだ。それを黙ったままやり過ごすとは、いったい名倉の頭の中はどうなっているのか。

「おい市川、おれらにも一発蹴らせろ」二年生部員が言った。「全員で一発ずつ蹴飛ばして、今日はこれで解散。どうだ」

「わかった。でもケツにしとけよ。こいつ華奢《きゃしゃ》だから、足とか蹴飛ばすと折れるかもしんねえし」

健太が答える。名倉を見ると、血の気のない顔で、幽霊のように立っているだけだった。

「よし、じゃあ一番手。誰から行く」

「おれが行く」

手を挙げたのは金子だった。両拳を構え、ステップを踏むと、ムエタイ選手のように名倉の尻を蹴飛ばす。

名倉が体をのけぞらせ、顔をゆがめた。「痛えなあ」不服そうに小さくつぶやく。

「あ？　ちゃま夫、今何て言った？」金子が血相を変えた。「もういっぺん言ってみろ！」大声で怒鳴りつけ、今度は胸を殴った。

「おい、ケツだけにしとけ」健太が言う。

「こいつ、生意気過ぎね？」

「いいから次に回せ」

二年生部員が順番に名倉の尻を蹴った。みんな加減なしだった。その都度、名倉は引きつった顔で、体を左右に揺らした。残るは健太と瑛介だ。

「瑛介、どうする？」健太が聞くと、瑛介は「うん？」と曖昧な返事をし、ゆっくりと歩み出て、名倉を蹴った。軽く蹴ったのだろうが、体重がある分、名倉は大きくよろけた。

健太も中くらいの力で蹴った。

「これで終わりかよ」藤田が鼻息荒く言った。「もう一巡やろうぜ」

「ああ、そうだ、そうだ」

みなが賛成した。健太自身も何か物足りない感じがあった。

たちまち二巡目が始まる。今度は金子が助走をつけて、サッカーのフリーキックのように蹴った。パシンといい音が響く。

二巡目は、各自さらに力を込めていた。みなの目つきが変わっている。普段はおとなしい生徒までが、興奮した面持ちで制裁に参加している。

健太は、昨日、先輩たちが暴力をふるったときと同じだと思った。初めての暴力体験に、みんな我を失いかけている。

まずいとは思ったが、制止しなかった。自分だって、昨日は制裁を受けた。名倉を相手にやり返す権利が、自分にはあるのだ。

二度目のキックは本気を出した。名倉は懸命に歯を食いしばり、右に左によろけていた。

19

「君たち二年生の男子は、名倉君をシカトすると決めたんじゃないのか。なのに、どうしてまた行動を共にするようになった」

検事の橋本英樹は、出前で取ったアイスコーヒーにミルクだけ入れ、ストローでかき回しながら聞いた。机を挟んで対するは、二中の生徒・市川健太だ。

「だって、あとをついてくるし……」

健太は曖昧な返事をし、自分のアイスコーヒーを静かにすすった。

「金品をたかるためか」

「そんなことはないッスよ」心外そうに否定する。

「しかし、君らの供述をたどっても、六月のキャンプ以降、二十回以上にわたって、名倉君から物をたかっている。総額は二万円以上だ。シカトするよりたかったほうがいいと判断したとしか思えないぞ」

橋本の口調は穏やかなものだった。取り調べも五回を超え、少年たちの緊張も解けてきた。中でも健太は、人を笑わせることが好きだという担任教師の言葉通り、頭の回転が速く、口も達者だ。

名倉祐一へのいじめが急加速する原因となったキャンプについては、四人全員から供述を得ることができた。大人の目にも、わかりやすいきっかけである。

「でも、実際にお金を要求したことはないし……」

健太は言葉を選びながら、述べ立てた。

「確かに現金の要求はない。しかし、部活後、毎日のようにスポーツドリンクを名倉君に奢《おご》らせている。四人分だといくらだ。一本百五十円だとして、六百円。それが月曜から金曜まで続けば、週に三千円。君らには大金だろう」

「そうだけど、最初に奢ってやるっていったのは、名倉だし……」

「それはシカトされることを逃れようとして、言い出したんじゃないのか」

「そうかもしれませんけど……」

「ちなみに、シカトを始めた当初はどうだった。名倉君はしょんぼりしてたのか」

「いや、普通でした」

「普通ってことはないだろう。テニス部の二年生全員から制裁を受けて、シカトされて、ショックを受けたに決まってるだろう。場合によっては登校拒否だってあり得るぞ」

「でも、そこがあいつの不思議なところで、応《こた》えた感じがないんですよ。ぶつぶつとひとりごとを言って、一人でにやついたりして」

「ひとりごと？」

「そうです。『ま、しょうがねえよな』とか、『おまえがいけないんだぞ』とか。宙に向かって話しかけてるんですよ」

「ひとりごとが癖なのか」

「うん。そうかも……」健太が自分の指をいじりながら話す。「そう言われれば、前からひとりごとの癖はあったかな。一緒に下校してるときも、突然わけのわかんないことを口走って、おめえ、誰に話しかけてんだって、みんなでからかったことがあったし」

「ふうん。確かに変わってるな」

「ほかの部からは宇宙人って言われてたし……」

健太はアイスコーヒーを飲み干すと、氷を口に含んで、頬を膨らませていた。

「話を戻すが、スポーツドリンクを要求するようになったのはいつからなんだ」

「たぶん、キャンプの翌週ぐらいだと思います」

バリバリと氷を噛《か》み砕いて言った。

「名倉君が自分から奢るって言ったのか」

「そうです。学校帰りに瑛介や藤田たちとコンビニの前を通ったら、名倉君が一人でスポーツドリンクを飲んでたから、藤田が『てめえ、学校帰りに買い食いしていいと思ってんのか』って文句をつけたら、『よかったら奢るけど』って言うから、奢ってもらいました」

「ずいぶん意志の弱いシカトだな」橋本は苦笑した。

「だって、喉が渇いてたし……」

「それで毎日奢らせることにしたと」

「はい……」

「それは主に誰が命令した？」

「いや、誰ってことは……」

「正直に言えよ。こっちは携帯のメールを全部チェックしてるんだぞ」

「……藤田です」

「そうだな。たかりの首謀者は藤田だ。ポカリ四本よろしく――。連日メールを打ってる。これは買いに走らせてるのか」

「そうです……」

「そうやって自分の金で使い走りをさせられる名倉君を、君はどう思った」

「いや、とくには……」

「面白かったか、哀れに思ったか、何かあるだろう」

橋本が問い詰めると、健太はしばらく思案し、「面白がってた、かもしれません」と遠慮がちに言った。

「どういうふうに面白がってたのか、詳しく話してくれ」

「うーん……、うまく言えないけど、奴隷が出来た感じって言うか……」

「奴隷かあ……」

橋本はその答えに思わず嘆息した。中学生で奴隷が出来れば、それは面白いにちがいない。

「でもな、周りの評判では、君はクラスでもテニス部でもリーダー格で、集団をまとめていくタイプの人間だろう。それがどうして弱い者いじめなんかに走るようになってしまったんだ」

「すいません……」健太がうなだれた。

「市川、反省は後回しだ。自分で自分を分析してみてくれ」

橋本が問いかけると、健太は腕組みし、下を向いて考え込んだ。答えは返って来ない。

「たかりの後は、暴力も振るうようになったんだよな」

「はい」

「どんなふうに」

「朝会うと、とりあえず尻を蹴飛ばすとか」

「挨拶代わりか」

「そうです」

「そんなとき、名倉君はどうした」

「やめろよ、とか言ってました」

「でもやめないんだよな」

「はい」

「それも面白いからか」

「……」

「蹴飛ばしたのは誰だ」

「みんなです。テニス部も、ほかの運動部も」

「集団心理で、罪の意識が薄れたのか」

「そういうことは、わからないけど……」

健太は空になったアイスコーヒーを、ストローで何度も音を立てて吸っていた。若いから喉が渇いてしょうがないのだろう。橋本は事務官に麦茶を持ってきてもらうよう頼んだ。

「ところで、B組に井上って生徒がいるよな。どういう関係だ」

「いや、別に……」井上の名前を出すと、健太がいやそうな顔をした。

「一緒になって名倉をいじめたのか」

「いいえ、そんなことはないです」

「桑畑署から報告があったが、井上って生徒は、ずいぶん名倉君から金品をたかってたそうだな」

健太は答えない。

「不良なんだろう?」

「そうです」

「君らは黙って見てたのか」

「黙って見てないですよ。だから――」

「だから何だ。不良たちに持っていかれるくらいなら、自分たちでと思ったのか」

健太が再び考え込む。

「何か答えてくれよ」

「瑛介が見かねて、井上たちに文句を言ったことはありますけど……」

「坂井瑛介か。じゃあ、自分たちは助け船を出したと言いたいわけか」

「それは……」

むずかしい表情で唇をかむ。

橋本は少年たちの社会を想像した。名倉は庇護《ひご》を求めて、不良たちに近づいたのか。それがますますテニス部の癇《かん》に障り、引き戻して自分たちのオモチャにしたのか。

長い沈黙の後、健太がおずおずと聞いてきた。

「あのう……、瑛介とか、藤田とか、金子とかは何て言ってますか？」

「気になるのか」

「いや、そういうわけでも……」

「自分から直接聞けばいいじゃないか。学校で毎日顔を合わせてるんだろう？」

「そうですけど……」

「君たち、学校で名倉君の話をすることはあるのか」

「いいえ、ありません」

「もう忘れたいか」

「そんなことは……」

「忘れてもらっちゃ困るぞ。人が一人死んだ事実は絶対に消えない。君たちは大人になっても、毎年七月一日になると名倉祐一君のことを思い出すんだ。そして、あの日あったことが頭の中で再生される。自分を誤魔化そうとしても、事実は覆らない。それが真理というものだ」

　橋本がまくしたてると、市川が急に表情を暗くした。ときどきあることだった。橋本はそのたびに、何か語り出すのではないかと気がはやるのだが、その後は決まって黙り込むだけである。

「なあ市川」

「はい」

「君はうそをついていないか」

「……はい」

市川が、目を合わせないでうなずいた。また沈黙が流れる。女子事務員が麦茶を運んできて、市川がすぐに手を伸ばした。橋本も口をつけ、少し話題を変えた。

「しかし、名倉君はよく不登校にならなかったな。ジュースやお菓子をたかられて、挨拶代わりに蹴飛ばされて、背中を跡がつくほどつねられて、よく毎日登校したな。そう思わないか」

「……思います」

「何故《なぜ》だ。名倉君は何を考えて学校生活を送っていた。君なりの推理をしてみてくれ」

「いや、推理なんて……」

「間違っててもいいから、思ったことを言ってくれ」

「あいつは鈍感なんじゃないのかっていうのが、みんなの感想だったけど……」

「たとえば？」

「あいつ、人を傷つけるようなことを平気で言うから、自分に対しても感じないって言うか、暖簾《のれん》に腕押しって言うか……」

「ふふ。洒落《しゃれ》た言葉を知ってるな」

「キャンプのことでも、ちゃんと頭を下げて謝れば、それで許してもらえたかもしれないのに、あいつ、黙ったきりで余計にみんなを怒らせてるし……。シカトだって、ちゃんと落ち込めば、こっちだって手加減するかもしれないのに、あいつフッーにしてて、ときには鼻歌なんか唄ってたりするから、なんだこいつ、全然応えてねえのかよって。みんな益々《ますます》むきになるし……」

「だから宇宙人なのか」

「そうです」健太が口をすぼめて言う。

「テニス部ではどうだった。休まず練習に出てたんだよな」

「そうです。全体練習のときは一緒にやってましたが、ゲーム形式の練習になると、誰も相手をしないから、一人で壁打ちとかやってました」

「それを見てどう思った」

「別に何も」

「せせら笑って見てたのか」

「いえ、そんなことはないです。名倉君、ひとりごとを言って、架空の誰かと対戦してるみたいだから、気味が悪くて放《ほ》っておきました」

「なんだ、またひとりごとか……」

橋本は椅子にもたれ、麦茶を飲み干した。健太はとっくに空にして、また氷をなめている。

放課後、当直で校内を見回り、生徒が残っていないことを確認し、校門を閉めて職員室に戻ると、教頭から校長室に来るように言われた。飯島浩志はタオルで首の汗を拭き、校長室へと向かった。心当たりの用件はないが、今の状況下、いい話のわけがない。

校長室の応接セットには中村主任と二年生のクラス担任、そしてテニス部顧問の後藤もいた。中村は冷めた表情で、若い後藤は見るからに元気がない。無言の中、扇風機の風音だけが流れている。

飯島が長椅子の端に腰を下ろすと、教頭が口を開いた。

「じゃあ始めます。昨日、わたしと校長先生が名倉家を訪問しましたが、お母さんからある要求があって、ちょっと苦慮しているところです。昨日は、向こうの感情が高ぶっていたこともあって、とりあえず一日置いて、冷静になるのを待つことにしたのですが、さきほど電話で話したところ、考えを変える気持ちはないとのことでした」

教頭が咳払《せきばら》いをし、話を続ける。

「名倉家の要求とは、逮捕・補導されたテニス部の四人に対して、夏の大会の出場を控えて欲しいというものです。その理由は、子供が死んだと言うのに、いじめの主な当事者とされる四人が、喪に服することもなく大会に出場するのは納得がいかないというものです」

飯島は、反射的に市川と坂井の顔を思い浮かべた。梅雨が明けて彼らはますます日焼けした。放課後は、周囲の雑音を振り払うかのように、テニスの練習に没頭している。

「遺族の感情としては誠にもっともなもので、わたしたちは反論することができませんでした。校長先生は、お母様の気持を慮《おもんぱか》ればそれもやむなしと考え、受け入れを決断したのですが、さきほど中村主任より強い反対意見があり、こうしてみなさんに集まってもらったという次第です」

中村を見ると、不満をあらわにし、ソファにふんぞり返っていた。これまでのいきさつからして、中村が反対するのは当然のことと思えた。

教頭の話を引き継ぎ、校長が付け加えた。

「もちろん、わたしも悩みました。テニス部にはすでに十日間の活動停止の処分を下しており、さらに処罰の追加となると、生徒たちも動揺するし、傷つくことと思います。彼らは夏の大会目指して日々練習している。君たちは出られませんとは、誰もが言いにくい。しかし、名倉家の気持ちも痛いほどわかるんですよ」

校長が眼鏡を外し、指で眉間をつまむ。全身に疲労の色が滲《にじ》み出ていた。

「しかし、喪に服すのを学校にも求めるというのはどうなんですか？」中村が非難する口調で言った。「どこかで線を引いて、毅然《きぜん》としたところを見せておかないと、ますます要求はエスカレートしますよ。今のところ、全部向こうの言いなりじゃないですか」

「君、言いなりってことはないだろう」教頭が不愉快そうに言い返す。

「作文のときから断るべきだったんです」

「どうやって断るんだ。遺族に向かって、謹んでお断りしますって、そう言うのか。中村先生は先方に会ってないから、そういうことが言えるんだ」

「じゃあわたしに行かせてください」

中村の発言に、みなが視線を向けた。

「行ってどうする」

「まず土下座します。校内で大事なお子さんを死なせてしまった、まことに申し訳ありませんでしたって、床に額をこすりつけて謝ります。いいですか？　怒り狂っている相手には、それを上回る謝意を最初に見せないとだめなんですよ。徐々に深く謝罪するなんて最悪です」

教頭が返事に詰まった。校長も黙って聞いている。

「失礼を承知で言いますけど、校長先生と教頭先生は、生徒から逮捕者が出たその日のうちに、名倉家を訪問して、玄関の三和土《たたき》で土下座をするべきだったんです。そして名倉君の親御さんと一緒になって泣くべきだったんです」

「中村先生ね、そんな芝居がかったことを……」教頭が顔をしかめて言った。

「芝居じゃないですよ。わたしなら泣きます。そういう熱い気持ちがなくて、どうして教育者と言えるんですか」

「中村先生、あなたね、毅然とした態度で臨むべきだと言ったり、土下座せよと言ったり、矛盾してないかなあ」

「毅然とすべきというのは遺族の要求に対してです。わたしは初動のことを言っているんです」

「そんなこと、今更蒸し返されてもねえ……」

しばし教頭と中村の議論が続いた、ほかの教師はうつむいたまま考え込んでいる。きっとドアの向こうでは、職員室の全員が聞き耳を立てていることだろう。二中の職員は、もうばらばらになりつつある。

議論が途切れたところで飯島が聞いた。

「ちなみに、みなさんの意見はどうなんですか?」

B組担任の清水華子が、小さく挙手して、「わたしは出場を辞退するべきだと思います。遺族の感情としては充分理解できるものだし、無茶を言っているわけではないし、仕方がないでしょう」と答えた。

「ぼくは正直、わかりません」C組担任は困り顔でかぶりを振った。

「わたしは出場してもいいと思います」D組担任は憮然《ぶぜん》とした表情で言う。

「ぼくも出させてあげたいです。出場を辞退しろなんて言えないですよ」顧問の後藤は悲しそうな目で言った。

職員の間でも意見は二分している。

「じゃあ、飯島君はどうなんだ」中村が顎をしゃくった。

「名倉家がそういうことを言い出した以上、断るのはむずかしいんじゃないかと思うんですが……」

揺れる気持ちの中で、苦し紛れの回答をした。本心はもちろん出させてやりたい。

「君のクラスには市川と坂井がいるが、二人に何て言う」

「個別に呼び出して、名倉家のことは伏せたまま、喪に服するってどういうことかを説明して、出場辞退を促しますかねえ……」

「いやだって言ったらどうする。四人のうち一人でも拒否したら、どう説得する。四人一緒じゃないと意味はないんだぞ」

中村が強い口調で言う。飯島は返答できなかった。

「いっそ出場辞退させたと名倉家には報告して、大会には出しちゃうっていうのはどうですかね」

後藤が真顔で言った。

「何を言い出す。小さな町で、そんなものすぐにばれるに決まってるだろう。ふざけたことを言うな」

中村が目を剝《む》いて叱責する。後藤は見る見る青ざめ、長椅子で小さくなった。

「とにかく、いろいろ意見はあると思うが、これは多数決で決められるようなことではなく、学校の長たる校長先生が決断することだから、みなさん、ご理解願いたい」

教頭が声のトーンを上げて言った。

「校長先生のご決断は、当該生徒の出場辞退です。これは苦渋の決断です。ですから重く受け止めるように。明日、顧問の後藤先生並びに担任の先生方は、二人一組になって、個別に通達してください」

「だから、生徒がいやだって言ったらどうするんですか」中村が詰問調で聞く。

「説得してください」それには校長が答えた。

「保護者がうちの子は出場させると言ったらどうするんですか」

「わたしが説得します」

「たとえばこの先、名倉家が、祐一君の遺影を一年間教室に掲げるように求めてきたらどうするんですか」

「中村先生、そういう仮定の話で、議論を混乱させないでくれないかなあ」教頭が血相を変えて言った。

「あらゆることを想定に入れないで、学校の危機管理は出来ないでしょう。名倉家が、銀杏《いちょう》の木の下に祐一君の慰霊碑を立てて欲しいと言い出したら、そのときはどうするんですか」

「いい加減にしなさい」教頭が思わず声を荒らげた。

「二人とも、落ち着いて。何があっても、その都度わたしが決めます。それによって生じた問題はわたしが責任を取ります」

校長が割って入る。

「後藤先生、お願いできますか？　心細いというなら、わたしが出て行ってもいいが、却《かえ》って生徒が緊張するんじゃないかという懸念もあって、歳《とし》の近いあなたが話をするのがいいだろうと思っているんだけどね」

「わかりました……。大丈夫です」後藤はすっかり意気消沈していた。

「ぼくも一緒に話すから、心配することないさ」

飯島は後藤の肩を叩《たた》いて励ました。とは言うものの自信はない。市川と坂井が上位入賞を目指して頑張っていることは飯島も知っている。その上で辞退するよう求めるのは、あまりに気の毒な仕打ちだ。

そのとき、事務職員がノックをして校長室に入って来た。

「校長先生、一番にお電話です。名倉さんからです」

その言葉にみなが顔を上げる。校長は席を外し、少し離れた机の受話器を取り上げた。

「はい……、はい……」「ええ……、いえ……」声は暗く、表情は苦しげだった。何やら込み入った話のようだ。

「君ら、本当に大丈夫か。なんならおれが付き添ってもいいぞ」

校長が電話をしている間、中村が飯島に言った。どことなく、教頭へのあてつけの感じがあった。

「大勢で生徒を囲むことはない。自分たちだけでやりなさい」と教頭。また両者に火花が散りかける。そこへ電話を終えた校長が戻ってきた。

「飯島先生、安藤朋美は君のクラスだよね」

「はい、そうですが……」何の話だろうと訝《いぶか》った。

「名倉さんから、安藤朋美という女子生徒に一対一で会えないかと、今電話で言われたんだけどね」

「どういうことですか？」

「提出した作文について、詳しく話を聞きたいそうだ」

飯島は校長の言葉に眉間を寄せた。安藤の作文は、名倉祐一への配慮が足りないのではないかと、飯島が提出から外したものだった。校長にも報告済みだ。

「あれは確か……」

「一度外したことは承知している。実はね、向こうが全部見せて欲しいと言うので、ゆうべ、追加分としてコピーを届けたんだよ」

飯島はその作文を思い出した。名倉君は女子に暴力を振るうこともあった、市川君と坂井君は悪くない、という内容だった。真《ま》っ直《す》ぐな性格の安藤が、正直に書いたものだ。

「あれ、見せたんですか？」と飯島。

「名倉家が見せろと言うものを拒否できないだろう」教頭が横から言う。

「安藤がいやだって言ったらどうしましょう。そもそも中学生が大人と一対一で面談するとなると、誰だっていやだと思うんですが……」

「うん。だから聞いてみて。出来るなら受けて欲しいけど」と校長。

「ほーら、だから言わんこっちゃない」

中村が、ほくそ笑んで言った。もはや校長との対決姿勢を隠そうともしない。

「中村君、口を慎んだらどうだ――」

「まあ待ちなさい」

教頭が言うのを校長が制し、立ったまま教師たちに向かって言葉を発した。

「君らは弱腰かと思うかもしれないが、わたしは決めました。出来る限り名倉家の意向に沿うつもりです。一人息子を亡くした悲しみは察するに余りある。わたしがもし親の立場ならと想像すると、すべて理解できる範囲の要求です。名倉君の死が事故なのか事件なのか、いまだはっきりしないけれど、どちらにせよ防ぐことは出来たのではないかと毎晩自問しています。わたしは遺族の方と共に悲しみ、共に苦しみたい。面倒でも、血の通った判断をしたい。そう決めました。責任はすべて私が負います。どうか協力してください」

校長があらたまった態度で頭を下げる。飯島たちはあわてて会釈を返した。

「では、解散します。戻ってください」

中村が一番に立ち上がり、「はあー」とあてつけのように嘆息し、校長室を出た。ほかの教師たちは、ゆっくりと腰を上げ、職員室へと戻った。

「明日、頼みます」

後藤が歩きながら、飯島の耳元で言う。飯島は無言でうなずいた。気は重いが、校長の決意表明に少し勇気づけられたのも事実だった。

そして、自分はいかなる派閥にも属するつもりはないが、中村の一派には入れないと今日わかった。遺族の気持ちを第一に考えたい。危機管理だとか、組織防衛だとかは、小さなことなのだ。

飯島は、てのひらで自分の頬をひとつ張った。

いつもなら夕方六時近くにならないと帰って来ない息子が、四時前に帰宅した。玄関で「ただいまー」と元気なく言い、そのまま階段を上がって自分の部屋に入ってしまう。

市川恵子は台所で夕食の準備をしながら、部活は休みだったのだろうかと不審に思った。夏の大会が近いから、連日猛練習に取り組んでいるはずなのだが。

それに、いつもなら帰ってまずすることは、冷蔵庫を開けてジュースを飲むことだ。

気になったので、おやつを理由にして声をかけることにした。丁度近所からケーキをいただいたばかりだ。夕食前だが、少しくらいならいい。

恵子は階段の下に行き、二階に向かって声を上げた。

「健太、友紀、ケーキあるけど食べない？」

「食べる、食べる」

自分の部屋で宿題をしていた小六の友紀が、すぐに反応した。うれしそうに部屋から飛び出てくる。

「健太は？　いらないの？」

「お兄ちゃん、ケーキだって」

「いらね」

部屋から健太の声だけ聞こえた。

「変なの」

友紀が首をかしげて階段を下りてくる。恵子は仕方がないので友紀だけにショートケーキを与え、自分はアイスティーを飲んだ。

娘と学校の話などをするが、二階が気になって仕方がない。

しばらくしたら、健太が下りてきた。「やっぱ食べる」不機嫌そうに言って、ダイニングではなく居間のソファに座り、テレビをつけた。

「健太、今日部活は？」恵子が聞く。

「休んだ」

「どうして？」

「キャプテンに休んでもいいぞって言われたから」

「どうして？　体調でも悪いの？」

「悪くね」

「じゃあ、どうしてよ。おかあさんに教えて」

「うん……」生返事をするだけだ。

ケーキと飲み物を用意し、「取りに来て」と言うと、健太はだるそうに歩いて来た。

「ねえ、どうして休んだの？」恵子が再度聞く。

「今夜、飯島先生から家に電話があると思うけど、おれ、夏の大会には出られないから」健太がぶっきら棒に言った。

「どういうこと？」

「名倉が死んでまだ喪中だから、おれと瑛介と、藤田と金子は、大会出場を見合わせて欲しいって」

「うそ。先生がそう言ったの？」

恵子は急なことに困惑した。心臓が高鳴っている。

「校長先生がそういうふうに決めたんだって。顧問の後藤先生と二人で、慰めてはくれたけど」

「そんな……、一生懸命練習してきたのに」

汗で湿った運動着、汚れたソックス、それらが脳裏に浮かんだ。

「しょうがねえよ。喪に服してくれって言われたら、おれら逆らえねえじゃん」

健太は必死に感情を押し殺している様子だ。皿とコップを手に持ち、居間へと逃げて行く。

「坂井君は何て言ってるの？」

「何も」

「坂井君も出ないの？」

「出られないの。校長先生が決めたの。同じこと言わせんなよ」

「でも、校長先生だって決める権利なんてないでしょう」

「知らねえよ、おれに言ったたって」

「顧問の先生は？」

「同情してくれた。部の三年生も気を落とすなって励ましてくれた」

「健太はそれでいいの？」

「だからおれじゃ決められないの」

「わたし、お兄ちゃんの応援に行こうと思ってたのに」と友紀。

「残念でした」

健太は三口でケーキを食べ、ジュースを一気に飲んだ。テレビを消し、立ち上がり、皿とコップを流しに運び、自分の部屋へと引き上げて行く。

恵子は動悸《どうき》が治まらないまま考えた。この制裁は、学校が思いついたことなのか、それとも名倉家の要求に応じたものなのか。どう考えたって後者だ。今頃になって言い出すのだから。

「お兄ちゃん、どうなるの?」友紀が心配そうに聞いた。

「どうもならないわよ。いつも通り」

自分に言い聞かせるように言うが、不安な気持ちがどんどんふくらんでいく。

健太は傷ついている。恵子は胸が締め付けられたが、自分にはなす術《すべ》がない。

担任の飯島から電話があったのは午後六時過ぎだった。「すでに健太君からお聞きかと思いますが……」と低姿勢に声を発し、夏の大会を辞退してもらいたい旨を、言いにくそうに告げた。

それは校長先生が言い出したことなのかと聞くと、飯島は間髪を入れず「そうです」と返事した。その即答ぶりが却って不自然で、恵子は名倉家の要求であることを確信した。

もっとも、だからといって突っぱねる勇気などないのだが。

恵子は言いなりになるのが悔しくて、「うちの子は大会を目標にして練習に打ち込んで来たんですよ」とポーズだけでも抵抗した。飯島はいかにも苦しげに、「それはもちろん承知してます」と、終始なだめ役を演じていた。

飯島も困っているのだろうが、察する余裕はなかった。勢いで、「どうして今になって言い出すんですか」と語気強く言い、ふと二階の健太が聞き耳を立てているのではないかと思ったら、さらに感情が高まり、しつこく問い詰めてしまった。電話を切るときは指先が震えていた。

そしてその夜、帰宅した茂之とまたしても夫婦喧嘩《げんか》をしてしまった。健太の出場取り止《や》めについて、「しょうがないんじゃない」と他人事のように言うので、「お父さん、学校に行って抗議してきてよ」と恵子が嚙《か》みついたのだ。

「行って、抗議して、覆るのかよ」

「黙って言いなりになるのが腹立たしいの」

「健太のことも考えろ。学校で肩身が狭くなるだけだぞ」

「それでも、行って、抗議して欲しいの」

あまり理屈になっていないなと、自分でもわかっていたが、容易に気が治まらなかった。

要するに、一緒になって怒ってくれないことに、恵子は腹を立てているのだ。事件が起きてから、万事がそうだ。

坂井百合とも、電話で話をした。向こうからかけてくるのではないかと待っていたが、一向に電話が鳴らないので、我慢出来ずに恵子からかけた。

「ねえ、坂井さんはどうする？」

恵子の問いかけに、百合は一拍置いて、「拒否した」と答えた。

「うそ」恵子は思わず絶句した。

「わたし、瑛介から話を聞かされた時点で頭に血が上って、迷わず拒否した」

「で、飯島先生は何て？」

「電話で必死に説得してたけど、わたしは断った。だっておかしいでしょう。喪に服するなら、テニス部全員で出場辞退するべきでしょう。それがどうして瑛介たちだけに強制するのよ。いじめの処罰なら、発覚した時点で下すべきだし、辻褄《つじつま》が合ってない」

百合は怒っていた。裏には名倉家の指示があるはずだと、恵子の考えと同じことを言い、だからこそ余計に呑《の》めないと、鼻息荒くまくしたてた。

「で、どうなるの？」

「明日、校長が会いに来るって。わたし、この際だから、言いたいこと全部言おうと思ってるの」

「そう……」

強いなあと恵子は羨望の念を抱いた。自分にそんな勇気はない。

「市川さんも一緒にどう？　わたしたち、まだ校長と会ってないじゃない。それっておかしなことだと思うし、この先どうなるのか、情報だって仕入れたいし」

「うん、そうね……」

「気乗りしないならいいけど」

「ううん。そんなことない。わたしも会う」

恵子は同席しようと決めた。一人で気を揉《も》むより。意見交換をした方がいい。

「藤田さんと金子さんはどうする？」恵子が聞いた。

「誘わない。ごめんなさい、わたし、藤田さんとはもう会いたくないの」

「わかった……」

百合の口調は力強かった。女一人腹をくくった、そんな言葉が思い浮かぶ。

電話を終えると、浴室から「おーい、タオル」という茂之の声が聞こえた。呑気《のんき》な夫にますます腹が立つ。

恵子は、夫婦間に初めて亀裂が生じたことを実感した。子供がいなければ、離婚も考えるところだ。

憂鬱な気持ちが喉元まで込み上げる。

「おーい、タオル」

恵子は聞こえないふりをした。

20

テニス部の二年生は、罰としてボールを使った練習をさせてもらえないので、校庭を走ってばかりいる。

安藤朋美は、外野の守備練習をしながら、つい健太や瑛介の姿を目で追っていた。関東地方が梅雨入りし、肌に絡みつくような湿気の中、顎を出してゼイゼイと走る姿はいかにも辛《つら》そうで、見ていて可哀想《かわいそう》だった。

野球部の男子からは、「よっ、陸上部！」などとからかわれている。そんなときでも健太たちは、言い返すことなく黙々とダッシュを繰り返していた。

名倉は体力がないので、すぐに列から外れ、フェンスに手をついて休んだり、グラウンドに座り込んだりしているのだが、声をかけられることはなく無視されていた。三年生も叱責したりはしない。そこに誰もいないかのように、顔も向けない。

そうなるとさすがに可哀想な気もしたが、この前、愛子が蹴飛ばされた経緯があるので、簡単には同情できない。

観察すればするほど、名倉は変わった男子だった。普通、周りから無視されれば激しく落ち込むはずだ。自分だったら、クラスメートから挨拶が返って来ないだけでへこむ。

愛子の話によると、名倉は最近クラスでよくぶつぶつとひとりごとを言っているらしい。

「それもね、誰かと会話してる感じ」

「うそー。別世界に行ってるんじゃないの」

朋美は気味が悪くなった。

中学生になって、世の中にはいろんな人間がいることがわかってきた。明るい子、暗い子、目立つ子、おとなしい子、やさしい子、意地悪な子。十人十色とはよく言ったものだ。だから人間関係を大切にするようになった。裏返せば、嫌われるのが怖いから、言いたいことを呑《の》み込むようになった。たまにそういう空気を読めない子がいて、周りをイラつかせる。名倉はその典型だ。

そんな考え事をしていたら、外野ノックでトンネルをしてしまった。

「先輩、罰ゲーム、罰ゲーム」後輩に囃《はや》し立てられ、球拾いに回る。

センター後方に行くと、フェンスの前に名倉がいた。何か一人でつぶやいている。これが愛子の言うひとりごとか。

気になって耳を澄ませると、「お兄ちゃん……」という言葉が聞こえた。

お兄ちゃん？　名倉は一人っ子のはずだが……。

「家に帰ったらゲームやろっか。そろそろ次のステージに進みたいし」

「ハヤトはどうしよう。入れてあげる？　入れてあげないと可哀想だよね」

今度はハヤトときた。いったい名倉は何の話をしているのか。

周囲に人がいなかったので、思い切って声をかけた。

「ねえ名倉君、誰と話してるのよ」

名倉が振り向く。「別に」か細い声で言った。うるせえとか、関係ねえだろうとか、もっと乱暴な返事をされるのではないかと思っていたので、朋美は拍子抜けした。

「名倉君さあ、この前、愛子のこと蹴ったじゃない。あれ、一度謝ったら？　そうすれば愛子、ちゃんと許すと思うよ」

別に謝罪が欲しいわけではないが、話を続けたくて言った。

「うん……」

「なんなら明日の朝礼前に謝る？」

「うん……」名倉が生返事する。

「どっちよ。はっきりしてよ」

「どっちでもいいけど」

「だったら謝れば。そうしないとB組の女子全員を敵に回すよ」

「うん……」

「まあ、いいや。自分で決めて」

名倉は黙ってフェンスから離れ、健太たちが練習している方角に向かおうとする。

「ねえ、二年生はいつからコート使って練習させてもらえるの？」

「来週から」

「ふうん」

名倉が重そうな足取りで駆けて行く。そのうしろ姿を見ながら、やっぱり最後は同情した。

学校生活が楽しくないというのは、中学生にとって一番つらいことだ。名倉はどうやって耐えているのだろう。


部活が終わると、いつものように愛子と二人で下校した。名倉が明日謝りに来るかもしれないと教えたら、「げーっ。そんなのいい」と顔をしかめて言った。

そして朋美が、名倉のひとりごとを聞いたことについて話すと、

「そうでしょ？　言ってるでしょ？」と声を弾ませた。

「なんかさぁ、誰かと会話してる感じで、お兄ちゃんとか、ハヤトとか言ってるの。あの子、一人っ子だよねぇ」

「うん、一人っ子だけど……」

愛子が何か思いついたような顔をし、話を続けた。

「あのさぁ、前にお母さんから聞いたことあるけど、名倉呉服店って、奥さんが二度流産してるんだって。名倉君はその間に生まれた子で、流産がなければ三人兄弟の真ん中のはずなのよ」

「うそ。じゃあ、宙に向かって話しかけてるのって、生まれてくるはずだったお兄さんと弟なの？」

言いながら、朋美は鳥肌が立った。

「じゃないの」

「想像上の兄と弟?」

「えーっ」

「きゃーっ」

怖くなって二人で手を取り合った。

「この話、人に言うのやめようね」

「うん、やめよう」

朋美は困惑するばかりだった。人の心の中は、誰にもわからない。


部活を終えると、市川健太は銀杏《いちよう》の木の下で横になった。部室では三年生が着替えていて、空くまでの休憩だ。走りづめで立っているのもいやだった。

瑛介もやって来て、横に腰を下ろした。

「一年生のとき以来だな、こんなに走るのは」汗だくの顔で言う。

「瑛介でもきついのか」

「当たり前だろう」

「じゃあ、おれにはマジ地獄の特訓だ」

藤田と金子もやって来た。

「健太、メニューを少し減らそうぜ」

「そうだ、そうだ。どうせ三年生は見てねえじゃねえか」

「じゃあ減らすか。五十メートルダッシュは三本減らして七本」

「やった。健太は話が分かる」

「おれもマジうんざりしてんだよ。早くコートで練習してえ」

健太はそう言って、両腕を伸ばした。銀杏の葉の隙間にどんよりとした灰色の空が広がっている。

少し離れた場所に名倉が立っていた。練習では早々に離脱し、フェンスにもたれて休んでいた。最初は「ちゃんとやれ」と注意していたが、名倉は無視することを思い出し、何も言わなかった。

それをいいことに、好きなだけ休んでいるのだから、余計に腹が立つのだが。

「おい、ちゃま夫、喉渇いたぞ。おめーのいつものポカリ入り水筒、おれにもくれよ」藤田がやけくそ気味に言った。

「もう全部飲んだ」

「ちぇっ。ジコチューな野郎め。誰かポカリ奢《おご》ってくんねえかなあ」

「いいけど……」名倉が静かに言った。

「ほんとかよ」

「うん。ポカリくらいなら」

「ラッキー。じゃあおれたち四人分な。コンビニでサクッと買って来い。はいダーッシュ！」

名倉が小走りに駆けて行く。

「ちゃま夫のやつ、今日は従順じゃん」

「いつもならちょっとは反抗するのにな」

「さすがに反省してるんじゃねえのか」

「わかるもんか、宇宙人だぞ」

四人で噂《うわさ》した。従順だったり生意気だったり、名倉はまるで二重人格だ。

「おい、久し振りに屋根に上がんねえか」金子が提案した。

「いいねえ、高い所に上りたい気分」健太が賛成する。

「じゃあ、上るか」瑛介が腰を上げる。

「よし、じゃあ、ちゃま夫には上まで届けさせよう」藤田はほくそ笑んで言った。

部室棟の屋根の上は、男子運動部員たちがときどき上るくつろぎの場だった。一年生は立ち入り禁止だが、二年生になると自由に上がれた。見晴らしがよくて、すぐ裏の道を下校する女子生徒の品定めをしながら、おしゃべりをするのが部員たちの娯楽だった。

屋根の端には、銀杏の木の枝が手前に伸びていて、それに飛び移って降りるのが度胸試しになっている。健太と瑛介はすでに済ませていた。一回やってしまえば義務を果たしたような感じがして、気分的に楽になれた。

外廊下の柱を伝って、四人で屋根に上がった。通りに向かって腰を下ろし、両足を投げ出す。

「おっ、渡辺由加里が帰って行くぞ。健太、告白しなくていいのか」

藤田に囃し立てられた。

「うるせえなあ」

「渡辺さーん」藤田が大声を発した。数人で下校中の渡辺由加里が弾《はじ》かれたように振り向く。

「こっち、こっち。市川健太君が話があるそうです」手を振り、健太を指差した。

「馬鹿野郎。マジ殺すぞ」飛びかかってヘッドロックをかけ、口をふさいだ。

「何でもない、何でもない」健太は顔を赤くして言った。渡辺由加里も照れている。ほかの女子はおかしそうに笑っていた。

この前のキャンプ以来、互いに意識して、余計に口を利けなくなってしまっている。だから、今日はちょっとうれしい。

そこへ名倉がスポーツドリンクを抱えて戻ってきた。見ていたら、テニス部の一年生たちが、すれちがうときに「名倉先輩、ぼくらにも奢ってくださいよ」とからかっていた。

名倉は後輩からも完全になめられていた。挨拶はするが、目は笑っている。二年生が馬鹿にすれば、それを真似《まね》するのは当然なのかもしれない。

「ちゃま夫も上がって来い」

藤田が命じ、名倉が外廊下の端まで来た。

「ペットボトルがあるから上れないけど」

「しょうがねえなあ。取ってやるよ」

藤田が屋根の端まで行き、腹這《はらば》いになって手を伸ばし、ペットボトルの入ったビニール袋を名倉から受け取った。

名倉が危なっかしい動作で屋根に上がってくる。五人でスポーツドリンクを飲んだ。

「夏の大会、ダブルスはどういう組み合わせになるんだろうな」

珍しく瑛介からその話題に触れた。気にしているとは思わなかった。

「さあ、決めるのは島田さんだから」健太が答える。

「健太と組めたら、おれ、優勝する自信あるけどな」

「ほんとかよ。ありがとう」

親友にあらたまって言われ、健太は感激した。

「島田さんに言ってみねえか、おれらで組ませてくれって」

「ああ、そうだな」

「おれ、少なくとも県大会には行きてえんだよ」

「行けたらいいな。県営グラウンドの、観客席付きのクレーコートで試合したいよな」

健太は想像するだけで興奮した。瑛介と一緒なら、それも夢ではない。

藤田が名倉にちょっかいを出していた。見たら、背中を力一杯つねっている。

「何してんだよ」

「おれ、やっぱりむかつくわ。三年生に膝蹴り食らって、鼻血出して、顔が腫れて。今でも思い出すもん。あの屈辱。全部こいつのせい」

名倉は体をよじって痛がっていた。

つねるという行為が小学生みたいなので、健太は苦笑して眺めていた。

「あっ、スゲー。あとがついてる」

藤田が名倉のシャツをたくしあげ、つねった個所を確認していた。

「どれどれ」みんなでのぞき込む。

「内出血してんだよ」健太が言った。「しばらく消えねえぞ」

「よし、おれも」

金子が手を伸ばし、背中をつねる。「痛い、痛い」名倉が顔をゆがめた。

再びのぞき込む。さらに濃い跡がついていた。

「健太と瑛介もやれよ」藤田が催促した。

健太は別にやりたくなかったが、断ると場がしらけそうな気がして、つねった。瑛介も無言で続いた。

名倉の背中に四つの赤い跡が就《つ》いた。明日になればもっとどす黒くなるのだろう。

「よし、着替えて帰ろうぜ」健太が立ち上がる。「たまには銀杏の木を伝って下りるか」

そう言って、屋根の端まで行き、ジャンプして銀杏の枝にぶら下がった。たまたま下にいた女子が、突然の人影に「きゃあ」と驚いた。

そうなると恰好《かっこう》をつけたくなり、枝で逆上がりを決め、あとは幹まで移動し、低い枝に移って、最後は飛び降りた。

瑛介も続いた。大きいから枝がゆさゆさと揺れた。藤田と金子も飛び移った。普段はあまりやらない二人だが、女子がいるから強がって飛んだのだろう。

屋根の上に名倉一人が取り残された。青白い顔で地面を見下ろしている。

「早く飛べよ」藤田がせっついた。

「やめとく」消え入りそうな声で言った。

「根性ねえなあ、はははは」

藤田と金子がここぞとばかりに高笑いした。女子まで一緒になって笑っていた。


無視したいのに、急に名倉のことが気になるようになった。安藤朋美は、休み時間、B組の愛子と廊下でおしゃべりをするとき、つい教室の中の名倉を目で探していた。たいてい一人でいるか、井上にいじられているかだ。

家で母親に聞いたら、愛子と同じ話を聞かされた。名倉呉服店は桑畑で明治時代から続いている老舗で、嫁は絶対に跡取りを産まなければならず、最初の妊娠で流産したときは、周りが気の毒がったらしい。そして二度目でなんとか男の子が生まれ、一族でよろこんだが、三度目はまた流産で、名倉祐一が一粒種ということになった。

「あなたは老舗の商店とかに嫁がないようにね」

母は、朋美に向かって物憂げに言った。そんな先の話をされても、困るのだけれど。

どうやら名倉は過保護に育ったらしい。とりわけ祖父母の可愛《かわい》がり方は異常といえるほどで、七五三のお祝いに百万円使ったとか、五歳でグランドピアノを買い与えたとか、噂には事欠かなかった。

朋美自身の記憶としては、小学校の修学旅行のとき、ブレザーに革靴という恰好で現れ、みんなでびっくりしたことがある。あまり接点のない女子でも金持ちぶりを感じたのだから、オモチャやスポーツ用具やら、持ち物が重なる男子の間では、さぞかし浮いていたことだろう。当然、嫉妬も浴びたはずだ。

「おかあさん、わたし、サラリーマン家庭でよかった」

朋美が言うと、「何を言い出すのよ」と母が怪訝《けげん》そうに苦笑した。

親は、自分の子供が学校でどんなキャラクターを演じ、どんなポジションにいるかを知らない。以前、朋美は部活で三年生エースから短期間のいじめを受けたことがあった。わずか二日で終わってくれて心から安堵《あんど》しているが、もしあれが続いていたとしても、親や教師には打ち明けないだろう。逆恨みされるに決まっているからだ。名倉の親は、息子が学校でいじめられていることを知らないから、高価なテニスウェアを着させ、余計に息子を浮かせている——。

廊下でおしゃべりをしていたら、三年生の不良グループが向こうからやってきた。米田《よねだ》という人を先頭にして、五人ぐらいで歩いてくる。ダブダブのズボンを腰で穿《は》き、髪を染めている者もいた。米田は二中の有名な不良だ。女子でも知っている。

空気が一変し、廊下で騒いでいた二年生が急に静かになった。壁に移動し、道を開ける。

不良たちはB組の前で止まった。教室の中にいた井上が気づき、走って廊下に出てきた。

「ちわッス」井上が愛想笑いをしている。

「昨日、おめえが言ってた呉服屋のボンボンってどいつだ」米田が言った。

朋美はつい聞き耳を立ててしまった。名倉のことだ。

「あいつですけど」井上が顎でしゃくる。

「ちょっと呼べ」

「わかりました」

井上が呼びに行くと、名倉は見る見る蒼《あお》ざめ、震えながら連れられてきた。まるでライオンの前に立たされた小鹿だ。

いくつかのやりとりがあり、名倉を囲んで移動を始める。すぐ先の男子トイレの中へと消えた。

「えーっ、何があるの」愛子が顔をしかめ、低くささやいた。

「知らない。でも、いじめられるんじゃないの」朋美が答える。

名倉と不良グループに接点などあるわけがない。となれば、たかりか何かだ。

そのとき、隣のA組から健太と瑛介が姿を見せた。入り口からトイレの方角をうかがっている。表情は芳しくない。なりゆきに気づいていたようだ。

瑛介だけが歩き出し、男子トイレに入っていった。助け船を出しに行くのだろうか。健太はその場に留《とど》まっている。目が合ったが逸らされた。

朋美まで憂鬱になった。不良なんか、この世からいなくなればいい。

いじめられっ子と不良、どっちが有害かといえば、不良に決まっているのである。

今日、名倉が三年生の不良たちに呼び出された。用件は、彼らが「腰パン」をあつらえるので、生地を店から持ってこいというものだった。「腰パン」とは腰で穿くためにわざわざ太くした変形ズボンのことだ。不良たちは、みんなそれを穿いている。

市川健太は、それを瑛介から知らされた。名倉が不良たちに連れ去られる場面は見ていたが、その先は瑛介が一人で乗り込み、確認してきたのだ。

「名倉のやつ、井上にいじめられたくないばかりに、腰パンの夏用のウール生地をただであげるって言ったんだとよ。それを井上が言いふらして、米田さんの耳に入って、じゃあおれらの分も寄越せって話になったみたいだな。生地があったら、仕立屋に持っていけば、仕立賃だけで作れるんだってさ」

瑛介が鼻息を漏らして言う。瑛介は、三年の米田から「おまえも作れよ」と言われたが、返事はしなかったらしい。

「終わったな、ちゃま夫の人生。マジ馬鹿じゃねえのか。井上なんかに物をあげて、それであいつが感謝するわけねえじゃん。カモがいたラッキー、てなるだけだろうに。そんな判断もつかねえのかよ」

健太は呆《あき》れ果て、吐き捨てた。こうなると、もはや笑うしかない。

「で、ちゃま夫は何て返事したわけ?」

「青い顔して、黙ってうなずいてたけどな」

「そりゃあ、あの人たちを前にして、いやですとは言えねえだろうなあ」

「しかし、七人分だからな。値段も張るぞ。二万は行くと思うな」

「平気、平気。あそこはやさしいお祖母《ばあ》ちゃんがいるから。ちゃま夫の言うことなら何でも聞いてくれるって。おかあさんに内緒で、用意してくれんじゃねえの」

「でもな、こういうのって、エスカレートすると思わねえか」

「エスカレートって？」

「秋になったら、今度は冬物の生地を持って来いとか」

「ああ、そうだな。井上ならまずやるな。でも、どうするんだよ。瑛介、おまえが助けてやるのかよ」

「わからねえけど、まず名倉の話を聞いてみないと……」

「マジやさしいねー。おまえはどうしてそんなに正義の味方なのよ」

「別に正義の味方じゃねえよ」

「じゃあ、放っておけよ。ちゃま夫はテニス部全員でハブってる最中だぞ」

「おれさあ、親父《おやじ》も兄弟もいねえじゃん――」

瑛介が唐突に言った。何の話かと健太が振り向く。

「だから中学に入るとき、一生を通じて助け合える仲間を作りなさいって、おふくろに言われてさ。それで、助けられるなら助けたほうがいいかなって――」

健太は初めて聞く話だった。「ふうん」と返事しながら、瑛介の横顔を見る。いつもよりずっと大人びて見えた。

瑛介のこれまでの行動がなんとなく理解できた。キャンプの夜、自分だけで罪を被《かぶ》ろうとした。井上が元凶なのに、先生に告げ口しなかった。名倉の裏切りにも、さほど腹を立てなかった。瑛介は、わざわざ不利な立場に身を置く癖がある。

「おふくろが言ってたけど、困ったときに助けてあげない人間は、冷たい人間だって」

「まあ、そうだよな……」

瑛介の母親は、快活で強そうなおばさんだった。頭ひとつ大きな瑛介が、叱られるとおとなしくなる。遊びに行くと、いつも笑顔で歓迎してくれて、健太は昔から大好きだった。

「あと、船が沈むときに、真っ先に逃げ出す人間にはなるなって」

「へえー」

「テレビで『タイタニック』を観《み》たあとに言ってたんだけどな」

「あはは」思わず吹き出してしまった。

健太は、親からこういう人間になりなさいと言われたことはない。言われても、うそをつかない、約束を守る、人を思いやるといった当たり前のことだ。あらたまって説教をされたこともない。だから少し羨ましくもあった。

瑛介の仲間意識に心を動かされ、健太も名倉の話を聞くことにした。

部活前、銀杏の木の下に連れて行き、三人で話し合う。

「名倉、おまえマジで井上に生地をあげるって自分から言い出したのか」

健太が問い質《ただ》した。

「ああ、そうだけど」

名倉は平静を装って答えた、口の端《は》がかすかに引きつった。

「馬鹿だなあ。そんなこと言ったら、図に乗るに決まってんじゃん」

「……………」名倉は返事をしない。

「で、三年生も言ってきたんだろう？　おれらにも寄越せって。どうするんだよ。生地の値段は知らねえけど、ハンパな金額じゃねえだろう」

「仕入れ値だからそうでもないけどね」

「そりゃ一度目は何とかなるかもしれねえけど、これで終わるとは限らないぞ」

健太は、この先もあれこれ要求される可能性が高いことを教えた。

「そうなったら断るけど」

「うそつけ。おまえ、米田さんたち相手に断れるのかよ」

名倉は顔を赤くして押し黙った。

「おい名倉、おれが三年生に言ってやろうか」瑛介が口を開いた。

「言い訳なら適当に考えてやるよ。名倉が生地を持ち出そうとして、親に見つかって問い詰められてるから、学校にチクられる前に取り下げたほうがいいですよって」

「おう、それいいじゃん。そうしろよ」

「別にどっちでもいいけど……」

「おまえね、そういう言い草があるかよ。瑛介はおまえを助けてやろうって、それで言ってるんだぞ」

てっきりすがってくるものと思っていたので、健太は名倉の態度に腹が立った。

「だいたいおまえの恩知らずぶりは何だ。キャンプのときだって、おれらが罪を被ってやったのに、そういうのもわからずに、あっさりチクッちまうし。何考えてんだ。言ってみろ」

名倉は返事をしない。

「おい、何とか言え。困ってんだろう？　だったら素直に、瑛介に助けを求めてみろよ」

「……じゃあ、頼もうかな。正直、七人分はきついし」

やっと認めたが、軽い調子で言うので、ますます怒りがふくらんだ。

「ちゃま夫、おまえな、こういうときはフツー頭下げねえか」

「いいよ、いいよ。米田さんが何て言うかもわかんねえし」

瑛介は面倒臭そうに首を掻《か》いて言った。

「この宇宙人め」

健太は腹立ちまぎれに、名倉の肩を小突いた。同情してやっても、いつも感謝ひとつしない。助けるのが本当に馬鹿らしく思えてきた。

今日も練習が終わったら、スポーツドリンクを奢らせようと思った。

21

二中の不良生徒、井上拓哉が深夜徘徊《はいかい》で出席停止処分となったので、豊川康平はこれ幸いとばかりに、午前中から警察署に出頭要請することにした。水商売をしている両親は「どうぞ、どうぞ」と低姿勢で送り届け、菓子折りまで差し出した。「生意気言ったら張り倒してくださいと言うので、「それは親の役目」と古田課長がきっぱり切り返した。

学校に断りを入れるため飯島に連絡すると、元気がない声で応対するので、問い詰めたら胃を悪くしたと言っていた。なんでも職員室は分裂状態で、飯島は板挟みになっているらしい。警察も学校も、人間関係は民間企業と変わりがない。

井上は二度目の取り調べということもあってか、すっかり緊張を解いていた。きょろきょろと署内を見回し、豊川にあれこれ聞いてくる。警察に呼び出されるのが得意なのかもしれない。学校の不良仲間にはいい自慢になるのだろう。

口を滑《なめ》らかにしてやるために、自腹でジュースとスナック菓子を買って与えたら、あっと言う間にポテトチップスを一袋食べてしまった。

「おまえ、朝食は食ってねえのか」

「食パン一枚食ったけど」

豊川は、お母さんは作ってくれないのかと聞きそうになり、口をつぐんだ。そういう家庭なのだ。

雑談を十分ほどしてから、話を切り出した。

「おまえ、名倉君が市川や坂井に見捨てられたって前回言ってただろう。時間切れで終わっちまったから、今日はその続きだ。いきさつを教えてくれないか」

「そういうのは本人に聞けば？」井上がパイプ椅子にもたれて答える。

「そう言うな。第三者の証言は重要なんだよ」

「……じゃあ簡単に言うと、坂井がちゃま夫を助けてやろうとするんだけど、ちゃま夫のやつは、それを台無しにしちゃうってことかな」

「台無し？　それはどういうことだ。具体的に教えてくれ」

「いろいろ。急には出てこねえよ」

「たとえばキャンプの夜、男子みんなで抜け出してリレー競走をしたときのことか」

豊川が目を見て言うと、井上はさっと顔色を変えた。

「知ってるんスか」

「そんなもの最初から知ってる。こっちは全生徒の聞き取り調査をしたんだ。刑事をなめるなよ」

実際に知ったのは、市川の供述だった。橋本検事の話では、近頃やっと少年たちと打ち解けることができたらしい。とりわけ市川とは、彼が部活を休んでいるせいで、毎日のように会っているようだ。橋本とは日々情報交換している。

「もうひとつ知ってることを言ってやろうか。井上、おまえ、いいズボン穿《は》いてるな」

そう言って顔をのぞき込むと、井上は鼻の穴をふくらませ、「これは、だって、ちゃま夫のやつが……」としどろもどろになった。

「ウールの夏用生地で学生ズボンを仕立てるなんて、最近の中学生は贅沢《ぜいたく》なんだな。ほれ、正直に言え。どこから手に入れた生地だ」

「いや、だから、ちゃま夫がくれるって言うから、もらったんだって」

「お前の口からいきさつを全部言え。こっちは名倉君のお祖母《ばあ》さんからも、仕立屋の店長からも、ちゃんと話は聞いてんだ。警察相手にうそは通じないぞ」

これは豊川自身が聞き込みで得た情報だった。体調を崩したままの祖母は、わたしが物を与え過ぎたばかりにと今も涙に暮れている。

井上が渋々白状した。それによると、生地をくれると言い出したのは名倉だが、不良たちの間に話が広まり、希望者が増えてしまった。見かねた坂井が三年生の番長に直談判して、一度は数を減らしてもらったが、井上が「おれの顔をつぶした」と名倉に迫ると、すぐに撤回され、全部で七人が生地を提供されることとなった。

「つまりお前が脅したってことだな」豊川が机を指で叩《たた》いて言う。

「ちがうって。おれはちゃま夫に、人の顔をつぶしやがってって愚痴をこぼしただけだって」

井上がむきになって弁解した。名倉は周囲の歓心を買いたくて、自ら物を供出したのだろうか。

「ともあれ名倉君は、またしても坂井の親切を無にしたわけだ」

「そういうことになるね」

「坂井はどうして、みんなでシカトしてる名倉を助けようとするんだ」

「知らね。性格なんじゃね？　あいつ、恰好《かっこう》つけるから。キャンプのときだって、おれの名前を出せば少しは罪が軽くなるのに自分で引っ被《かぶ》るし」

豊川は坂井の取り調べを思い返した。坂井は終始無口で、自分からしゃべることはなかった。言い訳をしないのは潔いが、誤解されていても弁明する意思がないように見えた。少年は経験が乏しいゆえ、妙な人生哲学に凝り固まることがある。

「で、おまえは、坂井を馬鹿なやつだと思ってるのか」

「思ってねえよ。でも、そんな意地張って何になるのかって、そう思うことはあるね」

井上はいつの間にか椅子に片膝を立てていた。耳をほじりながら、だるそうに答える。

「名倉君をいじめてた首謀者は坂井だと思うか」

「知らね」

「じゃあ、おまえだな」豊川はペンを取り書類に書き込むふりをした。

「待ってくれよ。おれじゃねって」井上が慌てて足を下ろす。

「じゃあ誰だ」

「誰ってことはないんじゃね。みんなだよ、みんな」

「実はな、名倉君の背中には二十個以上のつねった痕が内出血として残ってたんだが、おまえ、心当たりはあるか」

「ないけど」首を横に振った。

「テニス部の一年生がやって、それは坂井の命令だって供述があるが、おまえはどう思う」

「坂井はそんなことしないっしょ」井上が即答した。

「どうしてそう思う」

「あいつの性格」

「坂井が自分で認めていてもか」

「だから被るんだって、あいつは。恰好つける奴だから」

「坂井が逮捕されたとき、どう思った」

井上が少し考え込んだ。

「キャンプのときと一緒だと思ったけど」

「被ったってことか」

「被ったかどうかは知らないけど、言い訳のひとつぐらいすればいいのにとは思ったかな」

井上は坂井に一目置いている様子だった。三年生相手に動じない同級生を羨む部分もあるのだろう。

「補導された市川健太はどうだ。市川も名倉君をいじめてたよな」

「あいつは周りに流されるタイプ。ノリでやってたんじゃね」

「でもリーダー格だろう」

「ただの目立ちたがり。ウケるためならなんでもやる」

「市川のことは嫌いか」

「別に」井上がかすかに表情を変えた。

「しかし、助けてやってるのに名倉君がそんなんじゃ、市川たちも腹が立つだろうな」

「だからいじめにも遠慮がなくなったんじゃないの。最後のほうは見てて意外に思ったもん。普段は真面目な連中なのに、ちゃま夫とすれ違うだけで蹴飛ばしたりするから、これはもうゲームだなって
――」

「ふうん。ゲームか……」

「いじめなんかゲームっしょ。よし次はこいつだって――。ちゃま夫だって、一年生相手に気絶ごっこをやったっていうから、結局は学校内を回ってるだけだって」

「名倉君が気絶ごっこをやったのか」

「最初はおれが藤田にやったの。そしたら藤田が金子にやって、金子がちゃま夫にやって。ちゃま夫はテニス部の後輩相手にやったわけ。みんな、弱いのを見つけて憂さを晴らすんじゃないの」

井上の言葉に、豊川は暗澹《あんたん》たる気分になった。まるで食物連鎖である。

井上とは二時間以上話をした。警察署にすっかり慣れたのか、最後には留置場を見たいとか、手錠をかけて見せて欲しいとか、そんな生意気を言い出す始末だった。「この野郎」と冗談でヘッドロックをかけたら、「痛い痛い」と子供のようによろこぶ。これも学校で自慢するのだろう。

中学二年生は未完成の人間なのだと痛感した。彼らが考える範囲はわずかでしかない。

十二時になって二中の教師が車で井上を迎えに来た。玄関まで出て行くと、担任ではなく飯島だった。「授業が空いてたから」と言うが、何か用がありそうな顔をしていた。

井上をエントランスに待たせて、炎天下の駐車場で立ち話をした。

「実はな、昨日の放課後、二年生の女子生徒から打ち明け話をされてな。おまえの耳にも入れておいた方がいいと思って、それで来たんだ」

飯島が暗い声で言う。豊川は身を屈め、耳を傾けた。

「名倉君が亡くなる二週間ほど前なんだが、市川、坂井、藤田、金子の四名と名倉君が部室棟の屋根に上り、そこから銀杏の木に飛び移るのを目撃したという女子生徒が二名、名乗り出てきた。その女子生徒の話によると、名倉君を除く四名は、屋根から銀杏の木に飛び移って下り、下から名倉君に、飛べ、飛べって強要したって言うんだ」

「うん、それで？」

「名倉君は飛ばずに屋根から下りた。それだけのことだ。ただ、飛ぶように強要する文言があった。それから、飛ばなかった名倉君を、下からみんなで笑いものにした。そういう事実が七月一日以前にあったことを、知らせておこうと思ってな、それもあっておれが来た」

「そうか、ありがとう。重要証言だ」

豊川は礼を言った。確かに重要である。逮捕・補導した四人からは、そういった供述はなかった。

「で、その女子生徒たちは何で今まで黙ってたの？」

「怖くて黙ってたそうだ」

「何が怖いんだ」

「その女子生徒たちが恐れたのは、男子たちが笑いものにした中、自分たちも一緒になって笑ったってことなんだよ。もし名倉君がそれを気にして、飛び移ろうとして落ちて死んだのだとしたら、自分たちにも責任があるんじゃないかって、それが怖くて今まで言えなかったという話だ」

「なるほど」豊川は腕組みし、考え込んだ。

やはり中学生の聞き取りは一筋縄ではいかない。些細《ささい》なことに怯《おび》えたり、重要なことを省いたりする。優先させるものが、大人とは根本的にちがうのだ。

「飯島、もう一度生徒の聞き取りをやらせてくれ。今日中にうちの課長から正式に要請する。前回は生徒たちも浮足立っていたし、生徒の中から逮捕者が出るとも思ってなかったろう。あれから時間が経《た》った。みんな少しは冷静になっただろうし、言い忘れたことがあったかもしれん」

「わかった。帰って校長に伝えておく」

「夏休みに入る前に、もう一度洗い直しだ」

豊川が言うと、飯島は物憂げな表情でうなずいた。

「飯島、ところで胃は大丈夫なのか」

「大丈夫。ただの急性胃炎。薬で治る」

「そうか」微苦笑し、軽く腕を叩いた。

アスファルトから立ち上る熱が陽炎《かげろう》となり、景色を揺らしている。


名倉寛子は落ち着かない気持ちで、その日の午後を迎えた。二中の女子生徒・安藤朋美がやってくるからだ。

作文を読んで、この生徒に会って話を聞きたいと思った。学校に要請すると、当初は難色を示していたが、本人に聞いてもらったら承諾を得られた。それが「快く」なのか、「渋々」なのかはわからない。ただ常識的に考えて、中学二年生が大人から面会を求められてうれしいわけはなく、となれば教師たちが説得したと考えるのが自然で、申し訳ないと思う気持ちが大半を占めていた。親だって嫌だろう。何と言っても、祐一の死には無関係の生徒なのだ。

こっちから頼んでおいて来てもらう、というのも気が引けた。しかし寛子は外出が困難な状態にあった。家を一歩出ると胸が苦しくなり、鯉《こい》のように口をパクパクさせないと呼吸ができないのだ。告別式の日以来、ずっと家に閉じこもっている。

学校には外出できない旨、説明し、安藤朋美にもあらかじめ断っておいてもらった。息子と同じクラスになったことはないが、小学校の頃から顔は知っていた。勉強ができる活発な女の子だということも。

安藤朋美の書いた作文は、以下のようなものだった。

《名倉君は男子の間でいじめられていたと思います。無視されていたし、暴力を振るわれることもありました。けれどキャンプのことで男子たちを怒らせたし、その点では、気の毒だけど、仕方がない部分もあったと思います。

名倉君は女子に対して乱暴を働くことがありました。わたしの親友も、「どけ」と言われて蹴飛ばされました。抗議したけれど、謝ってくれませんでした。だから女子も好きではありませんでした。

いじめグループの中に、市川君と坂井君が入ってますが、わたしはちがうと思います。中でも坂井君は、三年生のこわい人たちから名倉君を守ろうとしてました。それなのに名倉君は感謝ひとつしないので、ますます男子たちを怒らせたんだと思います。
名倉君はときどきひとりごとを言っていました。「お兄ちゃん」とか「ハヤト」とか、架空の誰かに話しかけていました。少し変わった子だったというのが、わたしの印象です。
名倉君が死んだのは、とてもかわいそうだったと思います。これからが青春の本番だというのに、本当に残念です。ごめいふくを祈ります》
最初これを読んだとき、寛子はショックで目眩《めまい》を覚えるほどだった。

いじめに対して「仕方がない」とは何事か。親の顔を見せろ、どういう教育を受けたのかと言いたかった。さらには、祐一は女子の間でも軽んじられていた事実に打ちのめされた。親の欲目と言われようが、息子は好かれていると思っていた。

キャンプの一件は、校長から聞かされて知っていた。要するに祐一が先生に告げ口し、男子から総スカンを食らったということなのだろう。それが女子にまで及んでいたとは――。祐一がますます不憫《ふびん》で、胸が締め付けられた。

しかし、一晩置いて読み返し、少し冷静になった。人への配慮に欠けるのは中学生なので仕方がない。むしろ、最初に学校から渡された優等生的な作文のほうが、気持ちがこもっておらず落胆した。「いじめはよくないと思います」というものばかりだった。安藤朋美の作文は率直なのだ。

そして気になったのが、祐一のひとりごとの件であった。あの癖は直っていなかったのか――。

小学二年生のとき、どうして自分は一人っ子なのかと問う祐一に、寛子は、実は生まれてこなかった兄と弟がいると教えた。どうせわからないだろうし、流産だったことも正直に言った。祐一は神妙に聞いていたが、兄弟がいたかもしれないという事実によろこび、なにやらはしゃいだ様子だった。

すると、その後しばらくして、祐一はひとりごとを言うようになった。庭で一人で遊んでいて、「次はお兄ちゃんの番だよ」とか、「ハヤトはあとで」とか、宙に向かって話しかけているのだ。

誰と話しているの、と寛子が聞くと、お兄ちゃんと弟だと屈託なく答える。「ハヤト」は自分で付けた弟の名前らしい。子供は元来空想が好きで、男の子ならアニメのヒーローになりきったりするものなので、さして関心を払うことなく、すぐに飽きるだろうと口出しもしなかった。

ところが、半年経《た》っても祐一の空想はやまず、ときには夢遊病となって表れるに至った。夜中に起きて、「お兄ちゃんは？　お兄ちゃんは？」と家の中を探し回るのだ。

これは看過できないと判断した寛子は、医師に相談し、何度かカウンセリングを受けさせた。以後ひとりごとを言わなくなったので、止《や》んだものだと思い込んでいた。

あれから五年以上が過ぎている。祐一は親の前では隠してきたのだろうか。それとも中学生になって再発したのだろうか。


安藤朋美は、五時間目の授業を終えてやって来た。六時間目はホームルームで、それを欠席して寛子と面会することになっていた。教頭が車に乗せて連れて来て、「三時半に迎えに来ます」と言って、一旦引き上げて行った。学校側としては、時間を区切りたかったのだろう。その生徒への配慮はわからないでもない。

面会時間はたったの四十五分間だが、不満を言うのは贅沢だと自分に言い聞かせた。これは女子生徒の厚意なのだ。

応接室で向かい合った安藤朋美は、かなり緊張した様子だった。硬い表情で斜め下を向き、目を合わせようとしない。寛子は話の順序として、まずはお礼を言った。

「安藤さん、来てくれてありがとうね。こちらから出向くべきだと思うけど、おばさん、体調が悪くて外出できないの。だからごめんなさい。感謝してる」

安藤朋美は膝を固く閉じ、ぺこりと頭を下げた。

「時間がないから早速聞きたいんだけど、うちの祐一が女の子に暴力を振るったって本当？」

寛子は出来るだけ穏やかに言った。詰問調にならないよう、気をつけた。

安藤朋美はしばらく考え込んだのち、「はい」と小さく返事した。

「ごめんなさい。祐一に代わっておばさん謝るね」

「いいえ……。暴力って言っても、軽く蹴飛ばすとか、そういうのですから……。もっと乱暴な男子だってたくさんいるし……」

「そう。でも、どうして祐一は女の子を蹴ったりしたのかなあ。男の子相手だとかなわないからかしら」

「わかりません……」安藤朋美が小さく首をひねった。

「いじめられっ子の男子って、女子の目にはどう映るの？　安藤さんは、うちの祐一をどう思った？」

寛子の問いかけに、安藤朋美は黙り込んだ。

祐一が学校で、男子にいじめられ、女子には嫌われていた。寛子にとって耐えがたいことだった。うそであって欲しいと、今でも一縷《いちる》の望みを抱いている。

答えが返って来そうにないので質問を変えた。

「安藤さんの作文に、市川君や坂井君はいじめグループには入っていないって書いてあったけど、どうしてそう思った？」

「あの二人は、誰かをいじめてよろこぶような子じゃないと思います」

安藤朋美が今度は答えた。遠慮がちではあるが、はっきりと。

「でも、祐一の背中をつねってるし、飲み物をたかってる。それは二人とも認めたことでしょう」

また下を向いて黙った。

「じゃあ、祐一をいちばんいじめてた生徒って誰なのかしら。藤田君？　金子君？　それともほかの男子？」

気が急《せ》いて聞いてしまった。学校はいじめた生徒の名指しを避けている。警察や検察も教えてくれない。寛子はそれを知りたいのだ。

「安藤さんの知ってる範囲でいいの。市川君と坂井君じゃなかったら、誰が祐一をいじめたのかなあ。おばさん、本当のことが知りたいのね。学校で何があったのか。こういうの、男子より女子の方が見てるんじゃないかって、おばさんそう思うの。小さなことでもいいのよ、掃除当番を押し付けられてたとか、持ち物を隠されたりとか、給食のおかずを取り上げられたとか。もしそういうのがあったら、何でも教えて欲しいの。遺族ってね、個人情報保護だとか、少年法とか、そういうのを理由にされて、本当に何も教えてもらえないの。おばさん、それが納得いかなくて、いかなくて……」

早口でまくしたてながら、同時に後悔した。大人が中学生を問い詰めたら、萎縮するに決まっている。案の定、安藤朋美は怯えたように身を縮めていた。

しばらく沈黙が流れる。安藤朋美は供したカルピスに口も付けない。廊下の柱時計の振り子の音が、コツコツと響いていた。

寛子は気を取り直し、また質問を変えた。

「もし祐一が生きていて、何か忠告できるとしたら、安藤さん、どんなことを言う？　ここをもう少し直した方がいいよ、とか、こうしたほうがいいんじゃない、とか」

安藤朋美は困り顔で視線をさまよわせている。早く帰りたそうだ。

「何でもいいの。おばさん、何を言われても平気だから、正直に言って」

「あの……」おずおずと口を開いた。

「うん、何？」

「名倉君は、集団生活が苦手だったと思います。だから、そういうところを直したら、みんなの中に溶け込めたんじゃないかと思います」

「そう、ありがとう。祐一、みんなに迷惑かけてた？」

「いえ、迷惑とかじゃなくて……、なんて言うか……、場の空気を読むことがあまり得意じゃなかったと思います」

「そう。甘やかして育てたものね。一人っ子だから、家の中に競争相手がいないし、喧嘩《けんか》や仲直りの経験も少なくて、それで空気が読めない、今だとケーワイって言うんでしょ。おばさん、それくらいは知ってるのよ。そうか、祐一はケーワイだったのか」

ふいに悲しみに襲われた。咳払《せきばら》いして、感情を呑《の》み込む。

「兄弟がいれば、少しはちがっていたのかもしれないね。お兄ちゃんに助けてもらったり、弟を守ってあげたり、そういう経験があるとないとじゃ、学校に行ってからの友だち作りが全然ちがってくるだろうし。ああ、そうだ。安藤さんの作文に祐一のひとりごとのこと書いてあったでしょ？　あれ、いつ頃から気づいたの？」

「わたしは最近です……。もっと早く気づいてた女子もいるみたいですけど……」

「そう。おばさんね、本当は祐一以外にも妊娠したことがあって、流産したのよ。もし産むことができていれば、三人兄弟のはずだったの」

「はい、知ってます」安藤朋美が申し訳なさそうに言った。

「どうして知ってるの？　誰から聞いたの？」

「おかあさんから聞きました」

「そうかあ。田舎だものね。みんな知ってるんだ」

寛子は無理に微笑《ほほえ》んだ。田舎は噂から逃れられない。

「安藤さんの作文を読んだとき、祐一が空想の中の兄と弟とまだ遊んでるのかと思って、それが祐一の現実逃避だったのかなあって思ったりして。そうなると、祐一に兄弟を産めなかったのは本当に申し訳ないなあって。一人っ子じゃなければ、こんなことにはならなかったんじゃないかって。そんなことまで思って、おばさん、昨日からずっと自分を責めてるの」

寛子は涙をこらえながら語った。中学生相手に訴えてもしょうがないことなのに。

「人間って命があれば、いくらでも取り返しがつくものなのね。でも、死んじゃうと本当に取り返しがつかないの。ああすればよかった、こうすればよかった、あんなこと言わなきゃよかった、もっと話をしておけばよかった。そういうのが、祐一がいなくなって以来、頭の中でずっと渦巻いてて、後悔ばかりしてるの。ごめんなさいね、安藤さんには関係ないことなのに」

寛子が詫《わ》びる。安藤朋美はひたすら戸惑っていた。

そのとき、家政婦が応接室に入って来た。「あのう、中学の教頭先生が……」

もう時間か。一人でしゃべってばかりいた。結局、いじめたほかの子たちの名前は聞き出せなかった。それが目的というわけではなかったが、これまで知らされていなかった真相が得られるのではないかという期待もあったのだ。

「安藤さん、来てくれてありがとうね」

「いえ……」

「あなたと話せてよかった。祐一の学校でのことがわかって、おばさん、ちょっとは楽になった」

それは事実だった。自分はたぶん、気持ちを誰かに伝えたかったのだ。大人だと躊躇《ちゅうちょ》することを、子供相手だから言えた部分もある。

「夏休みはいつから？」

「明日が終業式で、あさってからです」

「そう。楽しみね」

祐一が生きていれば、夏休みに家族と従業員とでハワイに行く予定だった。

また思い出してしまった。

最後に安藤朋美が「焼香させてください」と言い出した。おそらく親にそうしなさいと教えられたのだろう。ちゃんとした家庭の子だなと感心した。祐一も生きていれば、こうして躾《しつ》けたかった。自分はいい親だっただろうか。

安藤朋美が帰って行くと、少女の残り香が部屋に漂っていた。以前、テニス部の男子四人を招き入れたときもそうだった。若者には若者の匂いがある。祐一を失って、初めてそのことに気づいた。

寛子は寝室に戻り、ベッドに潜り込んだ。久しぶりに人と会って、エネルギーを使い果たしてしまったからだ。


夕方、義弟の康二郎から電話があった。今日、県議の富山誠一と会ったというのである。富山といえば、逮捕された藤田一輝の祖父である。どういうことかと寛子は訝《いぶか》った。

「実は商工会の理事から、一度会ってみないかと言われててね、どういうことかと聞いてみたら、向こうは孫の逮捕にショックを受けて、なんとかこれ以上の騒動は避けられないかって。で、最初は秘書がうちにやって来て、祐一君の親御さんと直接話すとこじれたときに大変だから、まずは叔父のあなたと相談をしたいって――」

康二郎は相変わらず快活だった。声が大きいから、受話器を離さないと耳が痛くなる。

「向こうが言うには、物証がない中で少年事件を維持できるわけがないから、刑事での立件はまず無理だろう。となるといじめに関して民事で賠償請求するかどうかの話になるんだけど……」

少し間があった。康二郎は言葉を選んでいる様子だった。

「要点だけ言うとね、あちらさんは、それをやめてくれないかって、そういうお願いに来たわけ。もちろん、こっちだって祐一君を亡くして、このままじゃ引っ込みようがないわけだから、その点については了承なんか出来るわけがないんだけど、富山はね、民事をやめてくれたら、それなりに報いると言うわけ……」

「どういうこと？」寛子が聞いた。心に不安が渦巻く。

「富山の後援会に弥生町の私立高校の理事長がいるんだけど、その学校の制服の指定業者にするから、それで収めてもらえないかって——。いや、向こうは低姿勢なのよ。心からお悔やみ申し上げますって深々と頭も下げたし——」

寛子は唖然《あぜん》とした。それはつまり、取引をしろということなのか。

「それ以外にも、成人式の振袖で、系列の短大で受注会を開かせてくれるとか、いろいろ骨を折ってくれるみたいなのよ。で、そういう提案があって、今日、富山さんが直々にやって来て、ぼくに頭を下げるわけ。まあ、孫を守りたい一心だとは思うけど、あの県議はなかなかの人物だと思ったね。どうかなあ、義姉《ねえ》さん」

「いやです。そんなの、勝手に決めないでちょうだい」

寛子は即答した。聞いていて頭に血が上った。

「うん、そう言うと思った。義姉さん怒るの当然。でもね、小さな町で裁判を起こすと、かなり厄介なことになると思うのよ。ましてやうちは地元で商売やってる身でしょ」

康二郎が懸命に説いてきた。裁判を起こしても祐一は帰って来ない、地元の反感を買うと商売ができなくなる、政治家に恩を売ればあとあと得をする——。理屈はあっていても、寛子は到底受け入れることは出来なかった。息子の死を取引材料にするなんて、自分には考えられない。

「すぐに返事は出来ないだろうから、考えておいて。実はさっき兄貴にも話したんだけど、兄貴の奴、珍しく怒ってね。まだ喪が明けてないのにふざけた話をするなって。だから結論は先送りしていいよ。でも義姉さんの耳にも入れておいた方がいいんじゃないかと思って、それで電話したわけ」

「そう、わかった」

寛子は感情を押し殺して答えた。夫が怒ってくれたのがせめてもの救いだ。

電話を切り、ベッドの中で歯を食いしばった。康二郎は向こうが言い出した話だと言ったが、怪しいものだ。元々利に敏《さと》い調子のいい男なのだ。康二郎が持ちかけたとしても不思議はない。

また一日が台無しになった。言葉では言い表せない悔しさが日に日に増す。この苦しみはいつまで続くのか。

こらえていた涙がとめどもなく溢《あふ》れてきた。いっそ死んで祐一のところへ行きたいと思った。

校長とは午後一時にファミリーレストランで会った。坂井百合は仕事を抜け出して行った。一時間だけという約束だ。

教頭や担任を引きつれてくるのかと思ったら、一人だった。学校という砦《とりで》から外に出た、取り巻きもいない校長をこうして見ると、威圧感はまるでなく、どこにでもいる中年の管理職だった。いかにも疲れた表情が、そう思わせるのかもしれないが。

市川恵子もやって来たので、二対一の面談だ。百合は自分に気合を入れた。納得のいかないことに、屈したくはない。

校長があらためて出場辞退を願いたい旨を説明した。あくまでも校長自身の考えによるもので、名倉家からの要求はないとのことである。それが本当とは思えないが、そうだと言うなら、拒否するにも気兼ねがない。

百合は校長を正面から見据えて言った。

「電話でも申し上げました通り、校長先生のお考えであると言うなら、わたしはお断りします。瑛介は、夏の大会での優勝を目指して毎日練習してきました。その目標を子供から取り上げるというのは、あまりにも可哀想《かわいそう》です」

「お気持ちは充分わかります。わたしも迷いました。しかし、今回の件においてもっとも尊重されるべきは、名倉祐一君の死によって運命を変えられた親御さんであろうと考え、決断しました」

校長は低姿勢だが、言葉には力があった。真夏日なのにネクタイを締め、上着を着用している。

「坂井さん、想像してみてください。もし坂井さんが名倉さんの立場だったら、自分の子をいじめた同級生たちが、何もなかったかのように夏の大会に出ることを、どう思われますか？　息子の死がなかったことにされたようで、やりきれないと思うんです。ですから、四人には喪に服してもらいたいと……」

「喪に服するならテニス部全員でないと不公平なんじゃないですか？　だって、いじめは立件されなかったわけでしょう」

「立件はされていませんが、学校はそれを事実として認定しています」

「だったら出席停止でさっさと罰してください。それで部活は自由にやらせてください」

「いや、喪に服していただきたいんです」

「じゃあ、処分じゃないわけですね」

「はい、お願いです」

校長がキッパリと言うので、百合はやや気圧《けお》された。目の下にクマは作っていても、態度は強硬である。

「このことは、名倉さんはご存知なんでしょうか」

今度は恵子が聞いた。

「いいえ」

「本当ですか？」

「本当です」校長は目をそらさず答えた。

「じゃあ、わたしは受け入れたくありません」百合が言った。

「わたしも。出来れば」恵子が同調する。

「何度でもお願いに上がります。瑛介君と健太君にもわたしから話します」

「それはやめてください。校長先生に言われたら、子供たちは逆らいようがないじゃないですか」

「そうですよ。うちの健太なんか、すでに落ち込んでて、家では部屋に閉じこもってます」

「坂井さん、市川さん、いま一度言います。名倉さんは精神的ダメージが大きくて、外にも出られない状態だそうです。名倉さんを慰めようという気持ちになっていただけませんか。お願いします」

校長がテーブルに手をつき、頭を下げた。薄くなった頭頂部が目に飛び込む。

百合は今日、校長が一人で来た理由がわかった気がした。この男は土下座だってする覚悟なのだ。

「夏の大会は、中学生にとって大切な思い出の一ページだと思います。それはわかっています。しかし名倉祐一君には、もうその思い出を作ることも出来ないんです。人生が終わってしまったんです。わたしは、そのことを第一に考えたいし、学校の責任者として償いたい」

百合は返事が出来なかった。恵子も黙ってしまった。確かに校長の言葉には一理あるが、納得はしたくなかった。出場を辞退すれば、罪を認めたことになるのだ。

近くのテーブルの主婦グループが、チラチラとこちらを盗み見ていた。ウエイトレスは、水を注《つ》ぎ足しにも来ない。

百合は途方に暮れた。校長はもう何秒も頭を下げたままだ。

22

ペナルティーが解けて、テニス部の二年生がコートに戻ってきた。ラケットを手にし、ボールを懸命に打ち返している。安藤朋美は、はつらつと駆けまわる彼らを眩《まぶ》しい目で見ていた。やっぱり男子はスポーツマンに限る。

健太と瑛介は夏の大会でダブルスを組むらしい。三年生ペア相手のゲーム練習で、互角以上に戦っている。ソフトボールの試合と重ならなければ、朋美は応援に行くつもりでいた。瑛介の名を、声を嗄《か》らして叫ぶのだ。

名倉は一人で素振りの練習をしていた。誰からも相手にされない感じだ。名倉も試合には出るのだろうか。テニスは個人戦があるので、全員出られると聞いたことがある。名倉が下手なのは一目瞭然で、出ても一回戦負けは確実だろう。

同情するのは、名倉が、もはや一年生部員からもからかわれていることだった。生意気そうな一年生が、うしろから名倉の背中めがけてボールを打って命中させ、「先輩、スイマセーン」と形だけの謝罪をし、みんなで笑うのだ。そういうときの名倉は、顔を引きつらせて、「気をつけろよ」と力なく言うだけだ。

健太や瑛介がその場にいたら、間違いなく一年生を叱り飛ばすだろう。だから上級生の目の届かないところで、巧妙に意地悪をする。

朋美は健太と瑛介に言いつけようかと思ったが、出しゃばりな女子だと思われるのが嫌でやめておいた。そこまでする義理もない。

名倉は部活が終わると使い走りをさせられていた。学校近くのコンビニでスポーツドリンクを何人分か買ってくるのだ。見た感じでは、奢《おご》らせられている様子だ。普通、中学生は喉が渇けば水道の水を飲む。自分の小遣いならそんなものには使わない。

これに関しての首謀者は藤田に見えた。「ポカリよろしくう」と、うれしそうに毎日命令している。藤田は、自分が小学生時代にいじめられた経験があるため、そのときの恨みを晴らしているのだろうか。藤田が気の弱い男子だということは、女子はみんな知っている。

ちょっとだけショックなのは、瑛介がそのスポーツドリンクを毎日飲んでいることだった。たかり行為に加担しているのだ。周囲をしらけさせないよう、仲間に倣っているとしても、あまりいい感じはしなかった。

名倉とはまた会話する機会があった。運動部が回り持ちでやる、体育倉庫の掃除当番で一緒になったのだ。

「名倉君、夏の大会は出るの？」朋美から話しかけた。

「ああ、出るよ。シングルで」

「勝てそう？」

「関係ねえだろう」

顔色を変え、乱暴に答える。今日は生意気な名倉だった。

「そんな言い方しなくたっていいじゃないの」

「うるせえなあ」

名倉が甲高い声で吐き捨てる。腹が立ったので、「名倉呉服店で今年は浴衣買おうかと思ったけどやめた」と、うそだけど言い返した。

「ふっ、買えるのかよ。うちは高級品しか置いてないけどねえ」

見下した態度で、せせら笑う。朋美はますます頭に血が上った。

「ちゃま夫のバカ。もう死んじゃえ」

思わず汚い言葉で罵った。ボキャブラリーが乏しいから、こんな台詞《せりふ》しか出てこない。

掃除当番の中にいじめっ子がいなかったので、名倉は鼻歌まじりにほうきで床を掃いていた。朋美は毎回、同情しては損をした気分にさせられる。

名倉がテニス部の一年生に呼び出されたと聞き、市川健太は、とうとう後輩たちにもいじめられるようになったのかと、複雑な気持ちになった。

自分の心の中をのぞけば、一年生がふざけた真似《まね》をするなという怒りと、名倉は一年生になめられても言い返せないのかという憐《あわれ》みが半々だ。

教えてくれたのは金子だった。

「昼休みによお、一年の連中と渡り廊下ですれ違ったら、これから名倉さんを呼び出してもいいですかって言うわけ。おまえら何をするつもりだって聞いたら、ちょっとアタマに来たことがあるからって――」

「何だよ、それ」

「詳しくは言わねえんだよ。で、呼び出すくらいのことなら勝手にしろって、おれは言ったけどね」

「一年のどいつだ」

「佐藤とか、秋吉とか、そのへんの連中だけど」

「一年のくせして生意気だな」

「まあ。おれもそう思ったけどね」

「だったら、勝手にやらせるなよ。先輩後輩の区別はちゃんとつけないと、示しがつかねえぞ」

「おれに怒るなって」

金子が口をとがらせる。

放っておくわけにはいかないので、放課後、部活が始まる前に、健太と瑛介は一年生を銀杏《いちょう》の木の下に集めた。

リーダー格の佐藤に事実確認をする。確かに今日の昼休み、一年生部員は全員で名倉を体育館裏に呼び出したと言う。

「おまえら、名倉に何かしたのか」

瑛介が不機嫌そうに聞くと、一年生はたちまち緊張し、口ごもった。

「言えよ」

「いや、あの、先輩、聞いてください。だって名倉さんがですね
――」

「名倉に何したか、先にそれを言え。殴ったのか、蹴ったのか」

一年生同士、顔を見合わせている。佐藤が代表して、「みんなで背中をつねりました」と言った。

「着替えのとき、名倉さんの背中に内出血の痕があるのを見て、どうしたんですかって聞いたら、坂井さんや市川さんにつねられたって言うから、ぼくらも……」

「馬鹿野郎。一年生が二年生にそんなことしていいと思ってんのか」

瑛介は上下関係にうるさい男なので、かなり怒っている様子だ。一年生はしゅんとして、全員下を向いた。

「黙ってちゃわかんないから、理由をいえ。どうして名倉をつねったんだ」健太が聞いた。

「はい。実はですね……」

佐藤が説明した。それによると、名倉が一年生の萩原という部員に〝気絶ごっこ〟を強要し、いやがる萩原を気絶させてしまったことが原因とのことだった。そこで一年生は名倉に謝罪を要求したが、拒否されたので、みなが感情的になり、取り囲んで一人ずつ背中をつねって仕返ししたと言う。

「気絶ごっこって、いつの話だ」

健太は驚いた。知らないところで、そんなことをしていたとは。

「昨日です。部活が終わって、先輩たちが帰って、ぼくら一年が着替えをしてるとき、名倉さんが外にいた萩原をつかまえて、かけたんです」

萩原というのは、一年生の中でいちばん小柄でおとなしい部員だった。

「萩原は？」

「今日は学校を休んでいます。あいつ、気が小さいから、ショックで休んだんじゃないかって、おれら、それで余計に可哀想《かわいそう》になって――」

「わかった。おい、誰か名倉を呼んで来い。もう部室に来てんだろう」

健太が命じ、一年生が一人、全速力で駆けて行った。ほどなくして名倉が青い顔で現れた。

「名倉、ちょっと来いよ」

手招きして呼び寄せ、うしろを向かせてシャツをまくり上げる。十数個の内出血の痕があった。健太たちがつけた痕も残っていて、どす黒く変色していたのですぐにわかった。

「おまえらやり過ぎだろう！」

健太は思わず声を荒らげた。瑛介も顔色を変えた。一年生たちは全員気を付けの姿勢でうつむいている。

「おまえら、練習が終わったら、もう一回ここに集合しろ。いいな！」

健太が一年生に命じ、一旦は解散にした。部室に戻りながら、今度は名倉を問い詰める。

「なんで一年生相手に気絶ごっこなんかやったんだ」

名倉はもごもごと口ごもるだけで、はっきりとした理由は言わなかった。きっと、自分がやられたので、弱い者を相手にやり返しただけのことだろう。

「おい、ちゃま夫。これでおあいこなんだから、親には言うなよ」

健太が念のため言っておいた。名倉の親は過保護だから、もし知ったら学校に怒鳴り込んでくるかもしれない。そうなればテニス部はやっかいなことになり、また三年生が激怒する。

「言わねえよ」名倉は心外そうに言い返した。

練習後、健太と瑛介は一年生を再び集合させ、銀杏の木の下で三十分の正座を命じた。そうしないと先輩の示しがつかないと思ったからだ。

女子生徒たちが遠巻きに眺めているので、藤田や金子がしゃしゃり出て来て、一年生に説教をした。名倉まで姿を見せ、腕組みしてほくそ笑んでいた。

おまえのせいでこうなったんだろう――。健太は腹が立ったので、名倉の尻を思いきり蹴飛ばした。

名倉への同情心が完全に失《う》せた。

23

橋本英樹は二中の生徒・坂井瑛介を地検に呼んだ。これが釈放後三回目だ。子供の頃の話やら、家族の話やらをするまでの関係になり、すっかり心を開かせたつもりになっていたので、昨日、桑畑署の刑事課から知らされた新事実には、少なからずショックを受けた。すべてを語ってくれたわけではないのだ。

いつもは一人でバスに乗って来るのだが、この日は母親が車で送ってきた。玄関受付で出迎えた担当事務官をつかまえ、何事か訴え始めたので、どうせなら一度会っておいた方がいいと思い、橋本が自ら下りて行った。

瑛介の母親は快活そうに見えた。女手一つで子供を育て、社会に揉《も》まれているせいか、おどおどしたところがない。橋本を見るなり、挑戦的な目で、深々と頭を下げた。

「検事さん、うちの子はどうですか？　やっぱり悪いことをしてるんですか？」

いきなり牽制《けんせい》するようなことを聞いてきた。瑛介は隣で居心地が悪そうに突っ立っている。

「わかりません。知っているのは瑛介君本人だけです」

橋本は何食わぬ顔で答えた。

「学校から、今度の夏の大会を辞退するように言われてるんですよ。名倉君の死に対して喪に服して欲しいって。わたし、何か悔しくて。これって、学校は隠してますけど、遺族の腹いせですよね。そういうのに学校が加担するって、納得がいかないんですよね。検事さん、どう思いますか？」

「さあ、当事者同士のことに、わたしは答えられません」そう言い、微笑を浮かべた。

「校長先生に、検察の取り調べはいつまで続くんですかって聞いても、ちゃんと答えてもらえないし。学校って冷たいものなんですよ」

「それはぼくに言われても……」

「で、いつまで続くんですか？　人間って、終わりが見えないと怖くてしょうがないんですよ。いろんなこと考えて、仕事も家事も手に着かないし、名倉さんが息子さんを亡くした悲しみに比べたら、小さなことかもしれないけど、ほんと神経がまいるんです」

母親は、橋本を正面から見据えて訴えた。思い切って会いに来た、そんな印象を受けた。

「いつまで続くかは、瑛介君次第です」

「うちの子、無口だし、口下手だし、誤解を受けるんじゃないかって、それが心配なんですよね。わたし、男の子は言い訳するなって、そんな躾《しつけ》をしちゃったから。今は少し後悔してるんです」

「そうですか……」

「わたし、来てよかったです。やさしそうな検事さんだし、息子からだいたいの話は聞いてたんですけど、見るまではいやな方向ばかりに想像が働いて――」

橋本は黙って苦笑した。やさしそうと言われると、検事としては複雑である。

「でしゃばってすいません。よろしくお願いします」

瑛介の母親は、もう一度深々と頭を下げると、息子の尻をひとつ叩《たた》き、玄関を小走りに出て行った。そのうしろ姿を見送る。

「坂井、いいお母さんだな。おまえ、大事にしなきゃだめだぞ」

まだ二十代の橋本が、中年のような説教をした。

早速、個室に戻り、瑛介と向き合った。テンションを高めるため、麦茶を一息で飲み干す。ワイシャツを腕まくりし、指の骨を鳴らした。

「やい坂井、今日のおれは怒ってるんだぞ。怒ってる訳はわかるな」

橋本が威勢よく言うと、瑛介が小さくうなずいた。

「桑畑署の豊川刑事から報告があったんだ。おまえ、名倉君の背中を一年生部員がみんなでつねった件、自分が命令したなんて言ってたが、あれ、うそじゃないか。この野郎、検事を欺くとはとんでもない奴だ」

豊川刑事によると、二中の生徒に二度目の聞き取りをしたところ、新たな供述がぽろぽろと出てきた。そのひとつが、名倉への集団暴行を坂井が指示したのが事実に反するということだ。

一年生部員の話では、名倉が死んで、いじめを苦にしての自殺ではないかという臆測が生徒間に流れたとき、彼らは責任を問われるのではないかと恐怖にかられたという。そのとき、瑛介がすぐさま一年生を集め、「あれはおれが命令したことにしてやる」と言った。先輩が自分たちを庇《かば》ってくれるのだと感激した一年生は、その言葉に従ったが、いざ坂井が逮捕されると、今度は人に罪を押しつけたという罪悪感に苛《さいな》まれた。坂井は釈放され、学校生活に戻ったが、検察には依然呼び出され、夏の大会も出場辞退を迫られている。そんな折、警察による二度目の聞き取りがあった。一年生部員たちは、今度こそ本当のことを話そうと、まずはテニス部の顧問に打ち明け、真相が明らかになった——。

「坂井。どうしてそういううそをつく。普通人間はな、自分の罪を軽くしようとして、他人になすりつけたり、言い逃れをしたりしようとするものなんだよ。それがおまえは逆じゃないか」

橋本の剣幕に、瑛介は大きな体を縮めている。

「おまえのうそのおかげで、どれだけの人が迷惑をこうむったかわかるか？　逮捕の指示を出した桑畑署の署長なんか、面目丸つぶれだぞ。気の毒に。今頃は県警の刑事部長から小言を食らってるよ。世の中はな、ひとつのうそで大混乱するんだぞ」

「すいません……」瑛介がやっと口を開いた。

「で、どうしてうそを言ったんだ」

「一年生が青くなってて、可哀想《かわいそう》だったから……」

「それにしたって、自分で被《かぶ》ることはないだろう。豊川刑事から聞いたが、おまえはずいぶん男気のある人間だそうじゃないか。でもな、おまえは完全に男らしさをはき違えている。言い訳しないのが男らしいと、思い込んでいるのかもしれないが、そんなものは身勝手なヒロイズムだぞ」

橋本はそう言いながら、自分でも得心した。中学生はことの重大さがわからない。だから単純なヒロイズムに侵され、周囲に誤解を与える。

中学生は、命の尊さも、人生の意義も、人の気持ちも、自分の気持ちさえも、ちゃんとわかってはいないのだ。

「それともうひとつ。おまえの携帯電話に残っていた名倉君へのメール記録。宿題を代わりにやれとか、女子の誰某《だれそれ》を蹴っ飛ばして来いだとか、あれはおまえが打ったものじゃないだろう」

「はい……」瑛介が下を向いた。

「じゃあ誰が打った」

それには答えない。

「こっちは知ってるんだ。言え」

「井上です……」

これは豊川刑事が井上の取り調べで吐かせたネタだった。

「そうだな、井上だな。どうして井上がおまえの携帯電話から名倉君に指令のメールを打ったんだ」

「井上が人のケータイを勝手に使ったからです」

「詳しく言え」

「昼休みとか、部活中とか、井上のやつ、こっちがいないときに人のケータイを鞄《かばん》から抜いて、無料ゲームをやったり、いたずらで名倉君にメールを打ったりしてました」

「おまえはそれをこれまで言わなかった。どうしてだ。理由はあるのか」

また瑛介が黙る。

「まったくおまえはお人よしだな。井上は陰で舌を出してるぞ」

橋本は椅子の背もたれに体を預け、深々と嘆息した。

「よし。一からやり直しだ。坂井、おれと約束してくれ。全部正直に話しますって」

「はあ……」

「ハアじゃなくてハイだ」

「はい……」

「気のない返事するな」

怒った顔で机を叩くと、瑛介は少し大きな声で「はい」と言い直した。

桑畑署が生徒に二度目の聞き取り調査をしたら、新たな証言が次々と出てきたので、飯島浩志は驚くとともに、あらためて生徒指導の難しさを痛感した。中学生は、鳥の群れのようなものだ。みなが飛ぶ方に自然と体が反応し、考えもなくついていく。

名倉祐一の死因は自殺で遺書にいじめた生徒の名前が書いてあったらしい――。名倉の死の翌日、そんなデマがいとも簡単に広まり、生徒たちは口をつぐんでしまった。自分の名が書かれていたらどうしようと、女子生徒の間にまで動揺が広がった。

テニス部の四人が補導・逮捕されたとき、その噂《うわさ》はピークに達し、この先さらに逮捕者が出そうだと誰もが思った。そうなると、ますます余計なことは言いたくない。厄介ごとと関わりを避けたいのは、大人も中学生も同じなのだ。

放課後、飯島は下校しようとする市川健太に声をかけた。

「部活は休んでるんだろう？　ちょっと先生と話をしよう」

「はい……」市川は元気がなかった。

「坂井は一緒じゃないのか」

「あいつは部活です。たとえ出場辞退したとしても、練習は続けるんだって」

「ふうん。えらいな」

「こっちはやる気ゼロです」

「ああ、わかる。誰だってそうさ」

飯島はやさしい目で言い、慰めた。

花壇の手前の、校庭が一望できるベンチに二人で腰を下ろした。周囲では吹奏楽部が、担当楽器の個人練習をしている。

「なあ、市川。おまえたちは、どうして刑事さんや先生に本当のことを話さないんだ」

飯島が軽い調子で言った。

「名倉君を部室棟の屋根に上げて、飛べ、飛べって囃《はや》し立てて。そういうの、テニス部員だけじゃなくて、ほかの運動部まで加わってやってたらしいじゃないか。どうして黙ってた」

「それは、野球部とかサッカー部には、キャンプのときに迷惑をかけたから……」市川がぼそぼそと言った。

「黙ってるから、おまえらばかりが疑われるんだぞ」

「でも、どっちにしろ、名倉をいじめたのはぼくらだし……」

「そうなのか？　おまえや坂井は、名倉君を一方では庇ってたって話もあるんだぞ」

「誰が言ったんですか？」

「誰とは言わんが、時間が経《た》って、みんないろいろ話すようになったんだよ」飯島は市川の肩を軽く揺すった。「この野郎、クラスに心配かけやがって」

「すいません」市川がか細い声で言う。

「本当はどうなんだ。先生に隠してることはないのか？」

「……ないです」

返事に間があったような気がした。

「本当にないのか」

「ないです」

「そうならいいけど……」

すぐ横でトランペットが鳴った。飯島が振り向き、「すまんが、あと十メートル離れてくれ」と吹奏楽部の生徒に頼む。

「なあ、市川。もう一度言う。黙ってると濡《ぬ》れ衣《ぎぬ》を着せられるんだぞ。そういうの、いやだろう」

「ぼくら、名倉にひどいことをいっぱい言ったし、物を奢《おご》らせたり、つねったり蹴飛ばしたりしたし、やっぱり部活の停止とか、出場辞退とか、仕方がないと思ってます」

市川が下を見たまま話した。

「そうか。でもな、警察はさらに上のことを想定して捜査しているみたいだから、誤解があるなら解かなきゃならん」

「さらに上って？」

「それは……殺人罪ってことだ」

「そんなことしてません」市川がこのときばかりは顔を上げた。

「もちろんだ。そんなこと、おまえたちがするわけない。先生は信じてる。先生だけじゃなく、校長も、生徒も、学校全体が信じてる。ただ、警察とか検察は、何でも疑ってかかるのが仕事なんだ。だから、ちゃんと本当のことを話すことが大事なんだ」

飯島が言うと、市川はしばらく考え込み、ぽつりと言った。

「ぼくら、名倉が死んでも泣かなかったんです。この前、瑛介と話してて、そういえば、テニス部は誰も泣かなかったなあって――。おれらひでえ人間なんじゃないかって、そう思ったら、なんか、罰せられても仕方がないかなあって――」

その言葉に飯島ははたと思った。そういえば、葬儀のときに雰囲気で泣いた一部女子生徒を除けば、誰も泣いてはいない。なんと不憫《ふびん》なことかと自分まで胸が痛んだ。

「市川、それは尊い気持ちだぞ。おまえも坂井も、冷たい人間なんかじゃないから安心しろ」

「いえ、そんなことないです。今は同情してるけど、先月までは、うざくてうざくて……」

「人間ってのはそういうところがあるものさ」

「いいえ。そんなんじゃないんです」

「なんだ、何かあるのか」

飯島は市川の顔をのぞき込んだ。

「いいえ……」小さくかぶりを振り、目を合わせようとしない。

「おまえなあ、この際全部吐き出しちゃえよ。先の人生、長いんだぞ。隠し事すると、心の傷になるぞ」

「何でもないです」市川はそう答え、黙り込んだ。

少し離れた場所では、トランペットが空に向かって鳴り響いている。

24

B組の愛子がまた名倉に暴力を振るわれた。休み時間に、突然わけもなく、うしろからふくらはぎを蹴られたのだ。それもかなり強く。

「何するのよ」

色をなして抗議する愛子に、名倉は頰を引きつらせ、「うるせえ」とだけ答えた。それを見た井上たち不良が、名倉に上履きを投げつけ、「ちゃま夫、女の子に向かってなんてことをする」と大袈裟《おおげさ》に非難するのだが、その態度がいかにも芝居じみていて、どうやら井上が命令した悪さらしいとわかった。

どちらにせよ、女子に暴力を振るうなど最低の行為なので、愛子たちB組の女子は名倉に制裁を加えることにし、安藤朋美はその相談を受けた。

「ねえ朋美、何がいいかなあ。先生に言いつけても面白くないし、無視したってちゃま夫のやつ、架空の兄弟がいるから応《こた》えないし」

「そうねえ、決闘を申し込んだら？　愛子なら勝てるよ。そうなったらちゃま夫、女子とタイマン張って負けたって言われて、一生の恥じゃん」

朋美は悪乗りして答えた。

「あはは。それってサイコー」愛子は手を叩《たた》いて受けている。「でもわたし、喧嘩《けんか》したことないしなあ。痛いのヤだし」

「じゃあ代役を立てるとか。あんたのクラス、バレー部の美咲《みさき》がいるじゃん。百七十センチのエースアタッカー。張り手一発。ちゃま夫なんか吹っ飛ぶよ」

「やってくれるかな」

「頼んでみれば？」

愛子が美咲を呼んで事情を説明すると、さすがに決闘を引き受けはしなかったが、大いに憤慨し、「女子みんなで名倉君に意見しよう」ということで乗り出してくれた。女子は成長するにつれ、性差別や不利な立場を実感することが多いので、男子よりも結束するのだ。

放課後、愛子が名倉を体育館裏に呼び出した。朋美も付き合いでついて行った。初めてのことなので、少しばかり興奮もある。形だけの不良の気分だ。

女子ばかり七、八人に取り囲まれ、名倉はたちまち顔色を失《な》くした。

「名倉君さあ、今日、愛子を蹴ったじゃない。どうしてそういうことするわけ？」

美咲が仁王立ちし、名倉を見下ろす。名倉は気圧《けお》されて口も利けない様子だ。

「黙ってちゃわかんないでしょ。言いなさいよ」

それでも黙っている。

「あのさあ、女子だと思ってナメてたら、わたしたちだって黙ってないからね。井上君とか坂井君がバックにいるのならまだしも、あんた、友だちなんかいないんでしょ？　よくやるねえ」

美咲の啖呵《たんか》は堂に入っていた。女子の方が気が強い子は多いのだ。

「この場でみんなに謝りなさいよ。で、今後一切、女子に暴力を振わないこと。そしたら許してあげるけど」

名倉は依然下を向いたままで、ひとことも発しない。「何か言えば？」「謝りなよ」ほかの女子からも声が飛ぶ。

「そういえば、名倉君って、授業でも先生に当てられてわかんないと黙りっ放しだよね」

愛子が言い、みながクスクス笑った。朋美も思い出した。小学生のときから、問われて答えられないと、ひたすら黙り込んだ。こうなると詰まった水道管で、ほかをあたるしかなくなる。

「みんなどうする？　ちゃま夫クン、貝になっちゃったんだけど」

と美咲。

「全員でビンタ張るとか」誰かが言った。

「それいや。わたし、ちゃま夫のほっぺたなんか触りたくもない」

「そうそう。わたしもいや」

「じゃあ、どうする？　蹴とばす？」

「それでもいいけどね」

みんなで意見を交わした。敵兵を捕えた兵士の気分とはこういうものだろうか。どこか高揚した空気がある。

「あ、そうだ。テニス部の藤田君に聞いたけど、ちゃま夫、一年生に背中をつねられて痣《あざ》だらけなんだって」

「うそー。一年生にもやられてるわけ？　わたしなら自殺するね」

「どれどれ、見てみよう」

大勢いるせいで気が大きくなり、一人が名倉のシャツをズボンから引っ張り出し、うしろを向かせてたくし上げた。名倉は大した抵抗も見せず、されるがままだ。

名倉の背中が露《あら》わになった。無数の内出血痕がある。

「きゃっ。これってひどくない？」

愛子が顔をしかめた。ほかの女子も小さな悲鳴を上げた。

「あんた、痛くなかったの？」

美咲が聞いた。

「それほどでもないけどね」

名倉がやっと口を開いた。こんなときにまで強がりを言っている。

「じゃあ、これでも？」

美咲が名倉の背中をつねった。「痛ててて」名倉が顔をゆがめ、のけぞる。

みなでつねった痕をのぞき込んだ。

「なるほど。これが明日になるとどす黒くなんだ」

なんだか理科の実験のノリだった。名倉はまるでモルモットだ。

「じゃあさあ、愛子。あんたもつねりなよ。それで終わりにしたら？」

美咲の提案に愛子が前に歩み出た。恐る恐る手を伸ばす。背中の肉をつまむと、ねじを締めるようにひねった。名倉が歯を食いしばって耐える。

「わたしも蹴られたからやる」別の女子が前に出た。

「じゃあ、みんなやりなよ。その方が公平じゃん」

何が公平なのかわからないが、全員が同意した。

順番に名倉をつねる。男子相手の暴力に目を輝かせる女子もいた。

朋美の番が回ってきた。どうしようと考える間もなく、場の流れでつねっていた。ただし力は入れなかった。根が臆病なのだ。

「やい、ちゃま夫。これから女子に暴力振るったら承知しないからね」

全員がやり終わったところで、愛子が乱暴に言った。こんな愛子を見るのは初めてだった。

「それから、このことは内緒。誰にも言っちゃだめだよ」

「普通言わないんじゃない？　だって男の恥じゃん。女子にやられたなんて」と美咲。

「じゃあ、わたしたちも内緒ね。誰にも言わないこと」

「うん。絶対内緒」

みながうなずいた。つねったことを男子に知られたら、怖い女だと嫌われてしまう。ここに居合わせた女子だけの秘密だ。

「しかし、名倉君って弱いね。あははは」一人が高笑いした。

「ほんと。弱い、弱い。あははは」誰かが続く。

たちまち伝染し、全員で笑った。朋美もその中にいる。人を威圧し、支配した初めての経験だった。


健太と瑛介がきつく叱ったせいで、一年生が名倉にちょっかいをかけることはなくなったが、接する態度は完全に冷ややかなものとなった。名倉を見れば「ちわっす」と挨拶はするが、目は合わせず、近寄ろうともしない。健太たちにも遠慮がちだ。学年に溝が出来てしまった。

おかげでテニス部の雰囲気はすっかり暗くなった。三年生が夏の大会を最後に引退したら、たぶん自分がキャプテンに指名される。そうなったら、部をまとめて行かなくてはならない。

市川健太の頭の中であることがひらめいた。名倉に退部を勧告してはどうかという企みだ。どうせ部にいても、みんなに無視され、いじめられ、たかられ、いいことなどひとつもないのだ。名倉自身も楽しいとは思えない。ひょっとして、渡りに船なのではないか。そんな想像もした。

いい加減目障りだという理由もあった。最近では視界に入っただけで、いやな臭いでもかがされた気分になる。うざったいとはこういうことかとやっと納得がいった。

健太は誰にも相談せず、名倉に内々で話すことにした。無視するより傷つく仕打ちだと、自分でわかっているからだ。

放課後の練習前に名倉を呼び出し、銀杏の木の裏側で向き合った。

「あのな、ちょっと話があるんだけどな」あらたまって言うと、名倉も表情を硬くした。

「おまえさあ、テニス部辞める気ないか」

いざ口にしたら、心臓がドクドクと高鳴った。

「ないけど」名倉は即答した。

「でも、おまえ、一年生にまでおちょくられて、いやじゃねえのかよ」

「別に」心外そうに首を振った。

「強がるなよ。言っちゃ悪いが、練習だっておまえにはマジきついだろうし、ダブルスを組む相手だっていねえし、なんで続いてるわけ？」

健太が聞くと、名倉は下を向いて黙り込んだ。

「人間、誰でも向き不向きはあるし、ちゃま夫には運動部が向いてないんじゃねえかって、おれは思うわけ。おまえ、運動神経ないじゃん」

ひどい言い草だという自覚はあった。でも勢いで言ってしまった。

「苦手なことを続けるって辛《つら》くね？　部活を途中で辞めると内申書に響くって言われてるけど、だめならさっさと辞めるっていうのも、おれはアリだと思うし、潔いんじゃねえのかな」

名倉から返答はない。

「何か言えよ。テニス部、辞める気ないか？」

無言で首をひねった。

「幽霊部員になるって手もあるけどな。二年生にも三年生にもいるじゃん。籍はあるのに全然練習に出てこないやつ」

名倉は無表情で黙っている。はっきりしない態度に、健太はイライラした。

「ちゃま夫は黙ってばっかだな。自分の意見はねえのかよ。そんなんだから下級生にも女子にも馬鹿にされるんだぞ」

「馬鹿にされてないもん」名倉が口をとがらせて言い返した。

「ふん。勝手に言ってろ。今度一年生にいじめられても、おれたちはマジ助けねえからな。そのときになって泣きつくなよ」

健太は、腹立ちまぎれに名倉の肩を押した。華奢《きやしや》な体が大きくよろける。不意に残酷な気持ちが湧いて、「おまえは、足手まといなんだよ」と吐き捨てた。

名倉は最後まで目を合わせず、怒ることも泣くこともしなかった。別世界に移動してしまったかのように。

部室棟に行くと、外廊下で井上が携帯メールを打っていた。横には藤田がいて、どうやら藤田の携帯を取り上げて操作しているらしい。

「何やってんだ」健太が聞く。

「これでちゃま夫に指令を出してんだよ。数学の宿題、おれの分までやってくれよなって。便利なクラスメートがいてくれておれはラッキーだよ」井上が愉快そうに言った。

「おまえ、自分のケータイはどうした。確か持ってただろう」

「そんなもん先月、親に取り上げられちまったよ。アダルトサイトでアプリをダウンロードしたら、六万円の請求書が送られてきてよ。おれ、親父に思い切り殴られてんの。あははは」

井上が自分をギャグにして笑っている。馬鹿馬鹿しい話に、健太もつられて笑ってしまった。名倉はすっかり井上のカモだ。

練習後は、名倉にまたスポーツドリンクを買いに走らせた。健太たちは部室棟の屋根に上がって待ち、そこまで届けさせた。

「ちゃま夫、背中どうなった。見せてみろ」

藤田がシャツを引っ張り、脱がせた。

「うわっ、すげえ。ほとんど豹柄《ひょう》じゃん」

「なんか増えてね？」金子が言った。

「そういや増えてんな。赤い痕はまだつねりたてだろう」

みんなでのぞき込んだ。確かに数が増えている。

「一年生にまたやられたのか」

「やられてないよ」と名倉。

知ったことかと健太は相手にならなかった。もう助けないのだ。

スポーツドリンクを飲み、みんなで銀杏の木の枝に飛び移って降りた。名倉だけが屋根に取り残される。

「飛べ、飛べ」

藤田が声を張り上げる。ほかの部の連中も集まってきた。

「飛べ、飛べ」みなで合唱した。

25

二中の教諭、飯島と小料理屋で会うことになった。生徒からの二度目の聞き取りを終え、少し時間に余裕が出来たので、一度酒でも酌み交わさないかと豊川康平が誘ったのだ。今日が一学期の終業式だったという学校の様子を知りたいという思いもある。

いつも利用する警察署近くの店の、小上がりの卓で向かい合った。蒸し暑い日が続いていたので、冷えた生ビールに思わず二人して大きく息を吐《つ》いた。

「そっちの様子はどう？」豊川が軽い調子で聞いた。

「職員室の雰囲気は最悪だけど、生徒たちはもういつも通りだな。明日からは夏休みだし、うれしくてポップコーンがフライパンで弾《はじ》けてる感じ」

「はは、ポップコーンか。わかる、わかる」

「子供は基本的に呑気《のんき》だな。それが彼らの特権だよ」

飯島が唇に白い泡をつけたまま答える。豊川は同感だった。自分の少年時代を振り返ってみても、嫌なことがあっても一晩寝たら忘れた。

「別の言い方をすれば、動物的だってこともあるんだろうけど」

「ああ、そうだな。刹那的で、短絡的で、自分のことしか考えてないし」

「おれさあ、最近考えたんだけど、人間って、特に男子は、子供の頃平気で残酷なことをするじゃないか。豊川、おまえ小学生のとき、田圃《たんぼ》でカエルを見つけたらどうしてた？」

「捕まえた。男子なら誰だってそうだろう」

「捕まえてどうした」

「殺した。空に向かって投げてアスファルトに叩《たた》きつけたり、尻にストローを突っ込んで風船にして破裂させたり、火あぶりの刑にしたり――」

豊川は答えながら顔をしかめた。思い起こせば実にひどいことをした。

「子供にはそういう残虐性が誰しもあって、長じるにつれ、徐々に消えて行くものじゃないか。中学生にはその性質が残っているんだよな。ひどいいじめは中学生が一番だ。高校生になると手加減するし、同情心も湧く」

「なるほど」

豊川がうなずく。確かに凄惨な少年事件は中学生が突出している。

「教師にあるまじき発言だけど、中学生のいじめは防ぎようがないんじゃないかって思うことがある」

「うん、そうかもしれん。どこか面白がってるしな」

「中学生の三年間は、人生で一番のサバイバル期だな」

飯島が物憂げな表情でたばこを取り出し、火をつけた。豊川も倣って吸った。

あらためて見れば、飯島はずいぶん痩せていた。クラスから逮捕者を出したショックは、いかほどのものだったのか。

「昨日、市川と坂井の母親に会ってきた」飯島が紫煙と一緒に言葉を吐いた。

「ああ、それで？」

「新たにわかった事実を報告して、市川と坂井両名に関して、誤解されていた部分がかなりあったことを知らせた」

「そうか」

「二人とも少しはほっとしたみたいだ。罪状が半分になったようなものだからな。坂井の母親は怒ってた。濡《ぬ》れ衣《ぎぬ》だったってことをちゃんと周知させてくださいって」

「そりゃあ、気持ちはわからんでもない。親はそうだろう」

焼き鳥とサラダが運ばれてきて、しばらくそれを食べた。飯島は食欲が戻っているようで、つくねに卵黄をからませ、かぶり付いていた。

「ああ、そうだ。今日は知らせたいことがひとつあってな。名倉君の背中の傷痕の件だ」豊川が言った。

「うん、何？」飯島が顔を上げる。

「つねった生徒の数と、内出血痕の数が七つほど合わない。これまでの聞き取りで、逮捕補導された四人、テニス部の一年生十人が、自分がやったと認めている。でも痣は七つ余分にある」

「二回つねった生徒もいるんじゃないの？」

「いや、一回だけだと全員が言っている。ちなみに井上を呼び出して聞いたが、心当たりがないそうだ。井上とはずいぶん話をしたし、今さらうそはつかんだろう。不良グループは無関係だと思う」

「じゃあ、名乗り出ない生徒がまだいるってことか」

「そういうことになる」

豊川は、二度目の聞き取りでも、まだ隠し事をしている生徒がいることにやるせなさを感じていた。気持ちとしては、残りの生徒を割り出して叱りつけたいところである。

「で、捜査をやり直すのか」飯島が表情を曇らせて聞いた。

「いいや、もうやらない。上の判断だ。仮に割り出したところで、大勢に影響はない。ただ、隠している生徒がまだ七人いる、それだけは事実だ」

「申し訳ない」

「おまえが謝ることじゃない。捜査の経験上言うと、たぶん七人はグループだと思う。自分だけ名乗り出ると裏切り行為になるから黙っている。集団の掟《おきて》でよくあることだ」

「そうか、残念だな」飯島がうなだれた。

「おれもだ」

ビールから冷酒に切り替えた。

「警察はどこで幕引きを図るつもりなんだ」と飯島。

「そりゃあ、捜査をし尽くすまでさ」

「それは建前だろう？　生徒を逮捕しちまった手前、なんとか体面を保つランディングを考えてるんじゃないのか」

飯島が痛いところを突いてきた。酔いが回ったのか目の縁を赤く染めている。

豊川は答えないで肩をすくめた。確かに逮捕は勇み足だった。署長に対する非難は、署内はもちろん本部でもささやかれている。しかしそれは結果論だと豊川は思っていた。警察はいつだって結果で裁かれる。

「秋には終わってるといいな」飯島が吐息交じりに言った。

「おれも同じだが、その台詞《せりふ》は遺族の感情を逆なでするぞ」

豊川が言うと、飯島ははっとして表情を硬くし、二回うなずいた。

「まったくそうだ。みんな自分の立場ばかり考えてる。おれもその一人だ。反省するよ」

しばらく黙ったまま酒を飲んだ。奥の座敷からは、ほかの客の楽しげな笑い声が流れ響いてきた。

豊川は、午後九時に小料理屋を出て飯島と別れ、一度署に戻った。店の女将《おかみ》が「当直のみなさんに」と差し入れのおにぎりを持たせてくれたからだ。

一階の当直室に差し入れの包みを届け、さて帰ろうと廊下に出たところで、橋本検事と出くわした。

「おっと橋本さん。どうしたんですか、こんな時間にわざわざ署にいらしていただいて」

橋本は無精髭《ぶしょうひげ》をはやし、扇子で顔を扇《あお》いでいた。

「熱帯夜だし、こっちの方が冷房の利きがいいんじゃないかと思って来たんですけど、地検とあんまり変わりませんね」そう言って白い歯を見せる。「ちょうどよかった。今、駒田署長とも話したところですけど、藤田一輝《かずき》を重点的に取り調べるので、豊川さんにもご協力願います」

「どういうことですか？」

「ここ数日、動揺が激しいんですよ。顔にチックが出てるし、今日は終業式を休んでます。出頭要請したら弁護士が電話をかけてきて、当人が体調を崩したからしばらくは遠慮してくれって——」

豊川は藤田一輝の顔を思い浮かべた。主に少年係の刑事が取り調べに当たったので、一度話しただけだが、市川や坂井の腰巾着だと思っていたせいか、人の顔色ばかりうかがう少年との印象を抱いていた。

「あの少年は何か隠してます。最初からペラペラとよくしゃべったんですよ。学校のことや、友だちのことを。よくしゃべるってことは、たいてい何か疾《やま》しいことがあるからで、しゃべることがなくなるまで聞いてやろうと思っていたら、だんだん口数が減って来て、それに合わせて態度がおどおどしてきたので、そろそろ突っ込んでやろうとした矢先に、家に閉じこもってしまったんです」

橋本がパタパタと扇子の音をさせながら事情説明した。

「それで今日、坂井瑛介に藤田のことをどう思うと聞いたら、坂井も態度がぎこちなくなり、黙り込んでしまいました。明日は市川健太に聞いてみようと思ってます」

「藤田は、四人グループの中で、一人だけ帰る方角がちがう生徒でしたよね」

豊川が言った。

「そう。ですから、藤田の通学路から再度防犯カメラを当たってください。以前の捜査では出てきませんでしたが、全部が田圃道ではないし、探し直せばひとつぐらいは出て来るでしょう。あるいは目撃者でもいい。証言した時間と合うかどうか、慌てた様子はないか。あの少年は何か隠してます」

橋本はもう一度、同じ台詞を口にした。

豊川は、潮が引くように酔いが醒《さ》めた。

子供たちがいよいよ夏休みに入って最初の日曜日の午後、もう一度、逮捕補導された四名の保護者が集まることになった。発端は、坂井瑛介の母親、百合が「うちの子の濡れ衣が晴れたことを、名倉君の親に直接話したい」と言い出したからだ。

百合は最初、堀田弁護士に訴えたが、勝手なことをするなと一喝され、大いに憤慨した。「こっちからは何も行動を起こさない方がいい」というのが、弁護士の一貫した言い分らしいが、百合は納得しなかった。

市川恵子はその件で相談され、気乗りしなかったが、藤田家と金子家に連絡を取り、会ってまた話し合うことになった。

前回同様、市民センターの会議室に集まった。その日は猛暑日だった。表を少し歩いただけで、頭がくらくらした。

出席したのは金子家だけが夫婦揃《そろ》ってで、ほかは各一名だった。藤田家は、奥さんが前回感情的になる場面があったので、夫が来させなかったのだろう。市川家は、恵子が夫に来なくていいと言った。どうせ大した意見もなかろうし、今は一緒にいるのが煩わしかった。

藤田が仕切り役で会は始まった。

「それでは始めましょうか。今回集まったのは、坂井さんが、これまで瑛介君がいじめの首謀者のような扱いをされていて、それが濡衣であったことがほぼ判明したので、そのことを名倉家にはっきり伝えておきたいという、そういうことだと思うのですが、坂井さん、よろしいでしょうか」

「はい、そうです。一年生に暴行を命令したとか、たかりのメールを送ったとか、そういうの、全部瑛介のせいにされていたので、名誉回復してやりたいんです」

「でも、名倉家と会って話をする必要はあるんでしょうか。たとえば学校を通じて伝えてもらうとか……」

「わたし、もう学校は信じてません。とくに校長は名倉家の言いなりだし、果たしてちゃんと伝わるかどうかも怪しいと思うんですよ。だって学校は、これまでのいきさつも生徒にはちゃんと説明してないんですよ。全校集会を開いても、話したことは命の尊さとか一般論でしょう」

百合が鼻息荒く言った。自信の表れかメイクが強めだった。耳には大きなイヤリングが揺れている。

「じゃあ、市川さんは？」

藤田に意見を求められ、恵子は考えてきたことを話した。

「わたしも、健太の名誉が少しでも回復されることを願ってます。匿名報道ですけど、新聞に載っちゃったので、うちの子が補導されたことは学区内の人なら誰でも知ってて、そのおかげで無責任な噂《うわさ》も立ってるみたいだし……。怖くて見てませんけど、インターネットの掲示板ではもっとひどいことになってるみたいだし……。だからわたしとしては、名倉さんに言うより、新聞にちゃんと訂正記事っていうか、真相を書いて欲しいんですよね」

「そうそう、それって大事よ。わたし、取材に来たあの若い女性記者に電話してやろうかしら」

百合がすかさず言った。今日の彼女はよくしゃべる。

「市川さんのところはまだ補導だからいいですよ。うちなんか逮捕ですよ。わたし、取り消してくれって警察に抗議しに行こうかと思ってるくらい。藤田さん、どうなんですか？　警察って逮捕を取り消してくれるものなんですか？」

「さあ、どうでしょう。実は堀田弁護士に聞いたんですけど、怪我《けが》を負わせた以上、誤認逮捕には当たらないので、無理だろうとのことでした」

「ひどい話。自分たちのメンツは気にするくせに、市民のメンツはどうでもいいんだから」

「でも、警察に頭を下げさせるのは容易ではないでしょう」

「じゃあ尚更《なおさら》、自分たちで誤解を解いていくしかないんじゃないですか。名倉さんに会って、息子たちが名倉君に暴力を振るったのは事実だし、その点は申し訳ありませんが、ほかの生徒に暴力をけしかけたことはなかったって、それだけでも伝えましょうよ」

「そういうの、どうですかねえ、わたしは賛成できないんですが……」藤田が首をかしげて言った。「よほど言葉を選ばないと、加害者が開き直ったと思われるんじゃないかと……。金子さんはどうですか？」

金子がむずかしい顔で口を開いた。

「わたしもそう思います。名倉家をへたに刺激したくないというか、しばらくは様子を見た方がいいんじゃないかと……」

「じゃあ、月命日に子供たちを来させるっていうのも従うんですか？　わたしはもう断ろうと思ってます。だって濡れ衣だったわけでしょう」

百合はどんどん舌鋒《ぜっぽう》が鋭くなっていく。金子が話を続けた。

「月命日の件はわたしも納得できないんですが、でも、そういうことより、わたしが気になっているのは、いじめの加害者となった子供の親が、つまりわたしたちがですね、一度も被害者宅を訪れていない、焼香もしていないというのは、かなり気まずいことなんではないかと、思ってるわけです」

「そうだ、じゃあ焼香をさせてもらいに行きましょう。そこで、その場の空気を見ながら、こちらの言い分を伝えましょうよ」

百合はどうしても息子を弁明したいようだ。

「いや、こちらの言い分云々《うんぬん》はこの際置いておいて、わたしが言いたいのは、この小さな町で、いつまでも顔を合わせないでいるのは無理だと思うんですよ。いずれどこかで会ってしまう。実はあれ以来、妻が外出をしなくなって……。やっぱり怖いんですよね、偶然、名倉さんと出くわしてしまうのが。だから、思い切って一度お会いして、お悔やみの言葉だけでも述べておくのがいいんじゃないかと……」

金子の意見にみなが黙った。隣では金子夫人が髪をたらして俯《うつむ》いている。

恵子も同感だった。外出はなるべく避けている。スーパーに行くときも、誰とも目を合わせないように下を見て歩き、用事を済ませたらさっさと帰る。この先ずっとビクビクしているくらいなら、いっそ会って一度頭を下げたいという思いもある。

そのときドアがノックされた。全員が一斉に振り向く。入って来たのは堀田弁護士だった。

「ああ、いたいた。間に合ったか。いや遠いよね、東京からだと。それにこの暑さは何よ。噂には聞いてたけど、町中陽炎《かげろう》だらけじゃない」

大きな声を発し、ハンカチで首の汗をぬぐっている。出席を知らされていなかったので、みなが呆気《あっけ》にとられた。

「あ、その……」藤田が腰を浮かせて言った。「親同士が集まることは堀田先生にもお伝えしていて、もしお時間が取れたらということだったんですが。お忙しい先生ですので、来ていただくのは無理だろうと思って、みなさんには言ってませんでした」

「来るよ、来るよ。お金はもらってるからね、一応わたしもこれが商売だから。あははは」

堀田が下品に笑い、空いている椅子にどっかと座った。恵子はこの人物を見るだけで暗い気持ちになった。法律の冷徹さを思い知らされ、世の中が怖くなるのだ。

「また坂井さんでしょう。みんなを困らせてるのは」

「困らせてるなんて……」百合が目を剝《む》いた。「わたしはただ……」

「気持ちはわかるよ。瑛介君が首謀者扱いされてきたけど、実際はそうじゃなかった。むしろ庇《かば》ってやっていた部分もある。そりゃあ直接会って弁解したいところでしょう。でもだめ」

「どうしてですか」百合が語気強く聞いた。

「あのね、実はさっき電話で名倉寛子さんと話をしたの。藤田さんをはじめとする保護者のみなさんが、一度ご焼香をさせてもらいたがっているが、うかがってもよろしいかと。そうしたら――」

堀田が一呼吸置く。みなが注目した。

「お断りしますって、そう言われた。声こそ荒らげなかったけど、怒ってる感じはしたね。そういうものですよ、遺族感情というのは。前にも言った通り、今は頭を低くしているのが一番。みなさんは何もしなくてよろしい」

「じゃあ、濡れ衣を着せられたままでいろって言うんですか」と百合。

「それは警察に言ってもらうよ。逮捕したのは警察の責任だ。折を見て、わたしが署長に面会を求めて、頼んであげるから」

「でも、警察はそういうことをやってくれるんですか」

「何事も言い方ひとつ。真っ向から逮捕の是非を指摘すると、向こうも態度を硬化させてややこしいことになるから、時間が経《た》った頃、そっとね。硬軟使い分ける。わたしはそういうのに慣れてるから。いいから任せなさい」

堀田が立て板に水の如くまくしたてた。恵子は黙って聞いているしかない。

「ちなみに先生、名倉さんとはほかにどういうお話をされたんですか?」

藤田が聞いた。

「名倉さんは、わたしたちが知りたいのは本当のことだから、それぞれお子さんには本当のことを話して欲しいって。そういうことを言ってた」

「話したじゃないですか。本当のことを」百合がまた反論した。「部室棟の屋根にみんなで上がって、自分たちだけ先に降りて下校した。そのあと名倉君がどうしたかは知らない。それだけのことでしょう」

「坂井さん、あんた、落ち着きなさいよ」

「名倉さんが求めてるのは、自分の息子には一切落ち度がなくて、誰か悪い子たちに殺された、そういうシナリオなんじゃないですか」

「いいから黙りなさい」

堀田が百合を一喝した。

「わたしも長く弁護士をしてるんだから、こういうことには慣れてるの。だから少しは任せなさい。確かに坂井さんの言うとおり、被害者家族というのは、本当のことを知りたいと言っておいて、本当のことを教えると怒り出すことが往々にしてある。つまり、死んだ家族に不名誉なことは少しでも認めたくないわけ。でも、それが人情なんだからしょうがないの。人間の心の中は、理屈と感情が常にせめぎ合いをしている、そういう生き物なんだから」

堀田が熱弁をふるった。

「感情に理屈をぶつけて、そのときは相手を黙らせたとして、禍根は残るわけ。そういうの、近所で困るでしょう。とくに日本人は農耕民族で、ムラ社会の歴史が長いから、理屈で感情を律するというのが苦手なの。白黒をはっきりさせると、余計に角が立っちゃうの。しばらく灰色のままにして様子を見る、そういうのも日本人の知恵なんだから」

「その間、うちの子は地域で疑われたままなんですか」百合が不服そうに言った。

「名倉さんの子息がなくなって、まだ一月も経ってないじゃない。坂井さん、そこまで性急にならないでよ。時間。今必要なのは時間なの。時が経てば、少しは気持ちも落ち着くでしょう。時間を置くっていうのは、大事なことなんだから。みなさん、民事で訴えられるのはいやでしょう。それを避けるためにも、今は頭を低くして、相手を刺激しないようにしなきゃ。坂井さん、あなた、くれぐれも勝手な行動に出ないようにに。わたしがちゃんと収めてあげるから。いいね」

堀田に説き伏せられ、百合は渋々黙った。ほかの親たちも下を向いている。

「しかし、こんなことを言うのは不謹慎かもしれませんが……」藤田がおずおずと口を開いた。「堀田先生から名倉さんに、わたしたちの焼香を申し込んでもらって、先方に断られたというのは、一応お悔やみと面談の意思は示したということで、ちょっとしたエクスキューズになるというか、すくなくとも『加害者の親からは挨拶ひとつなかった』とはこの先言われないわけで、その点だけでも助かりましたね」

「わたしも正直言うと、断られてほっとしたところはあります」

金子も遠慮がちに言った。

「そうそう。よかったじゃない。わたしもちゃんと役に立っているでしょう。あははは」

堀田が声を上げて笑う。どうしてここで笑うのかと、恵子はいやになった。ただ自分も同じように、面談を断られて安堵《あんど》しているのだが。

せっかく顔を揃えたので、各自子供の様子を教え合った。藤田君は検察に呼ばれ続けたことで情緒が不安定になり、今は病院の神経科に通っているという。金子君は家では無口になり、自室にこもることが多くなったそうだ。

坂井君は大きな変化はないが、やはり気に病んでいるのか、テレビドラマで人が死ぬシーンが出てくると、あわててチャンネルを変えるとのことだ。健太はいつもの明るさをすっかり失った。恵子がそれを言うと、「健太君まで」とみなが気の毒がってくれた。

恵子は改めて思った。親は誰しも自分の子供が一番可愛《かわい》いのだ。表だっては言えないが、恵子が望むことは、健太には出来るだけ早く今回の一件を忘れて、以前の生活を取り戻してほしいということである。名倉家からすれば、許しがたい身勝手さであろうが、本心なのだから仕方がない。

これからも同じ町に住み続けなければならない。それは永遠に消えない心の染みのようなものだ。なるべく見ないようにして、生きるしかないのだろう。出来ることなら、息子の分まで自分が引き受けたい。窓の外に目をやると、うらめしいばかりの青空だった。強い日差しが、地表を焦がさんばかりに降り注いでいる。これからが、子供たちの季節だ。

この夏休み、健太に笑い声は戻るのだろうか。恵子はまた身勝手なことを考えている。

新聞記者がまたお会いできないかというので、名倉寛子は、高村という若い記者を自宅に招き入れた。ここ数日、体の調子がよかったので、誰かと話をしたいという欲求があった。家に閉じこもっているせいで、話す相手は夫と家政婦以外にいない。

昼時に呼んで、昼食をふるまうことにした。ここのところ、昼は一人で素麵《そうめん》をすするだけなので、少しぐらい変化をつけたかったのだ。馴染《なじ》みの寿司屋に自分で電話をし、上握りを二人前注文した。出前は女将が直々に来て、「早く元気になってくださいね」と、恐縮しながら励ましてくれた。寛子はうれしくて涙が出そうになった。

約束の時間ちょうどに高村はやって来た。

応接間に通し、寿司を勧めると、こちらも大袈裟《おおげさ》に恐縮しつつ、箸をつけた。若いから女でも食べっぷりがいい。寛子が三貫食べるうちに全部片付けてしまい、はたと自分の早食いに気づいたのか、可愛らしく赤面していた。

寛子が食べ終えるのを待って、高村が切り出した。

「先日、校長先生と会ってきました。二回目の聞き取り調査で、新しい事実がいろいろ出てきて、かなり混乱しているようです」

「そうですか」

寛子は静かに答えた。新事実については、橋本検事から電話で知らされていた。祐一の背中をつねったのは、逮捕補導された四人だけではなかったという報告だ。一番の当事者なのに、警察からも学校からも蚊帳《かや》の外に置かれている遺族の現状を知っていて、教えてくれたのだろう。それだけでも気持ちが安らいだ。

高村が話を続けた。

「祐一君をつねった一年生部員はどう処分するのかと聞いたら、これから決めるとのことでした。夏の大会については、二中の男子テニス部そのものが出場を辞退する可能性もあるそうです。もしそうなったら、その件に絡めてまた記事を書くつもりです」

「そうですか」同じ答えを繰り返す。

「それともうひとつ、坂井さんにも会ってきました。向こうから電話があって、新聞はうちの子の濡れ衣を晴らしてくれないのかって、抗議というほどではないのですが、言われたものですから……」

「濡れ衣って――」

寛子は一転して心が波立った。息子に怪我を負わせたのも、物をたかったのも、動かせない事実なのに、どういう料簡でそういうことを言うのか。

「坂井瑛介君が首謀者扱いされてきましたが、少なくともそれは間違いだったということを、親としてはどうしても弁解したいのだと思います」

「わたしには同じことです。誰がより悪かったかを押し付け合っているだけです」

「でも、坂井瑛介君が、不良の生徒たちから祐一君を守っていた時期もあったらしくて、単純には裁けなくなっているというか……」

「そういうの、どうして今頃出てくるんですか。変じゃないですか。釈放されてから子供たちが、責任逃れのために口裏を合わせたってことも考えられるじゃないですか」

寛子は少しむきになって反論した。子供たちの供述がコロコロ変わること自体が、なにやら祐一の死を小馬鹿にしているようで、我慢がならなかった。

「四人の親たちが、焼香をさせてもらいたいと申し出たのを断ったそうですが」

高村が頭を低くして、聞きにくそうに言葉を発した。

「断られるとわかっていて、ポーズで言ったんだと思いますよ。弁護士を通じてだし。だいたい、現状で顔を合わせたいわけがないじゃないですか。誰だって断ります」

寛子が問い返すと、高村はしばらく黙り込み、「名倉さんが望むことは何ですか？」と聞いた。

「本当のことを知りたい、それだけです」

「そうですか……」高村が、一瞬何か言いたそうな顔をして、視線を逸《そ》らせた。

「いつ記事になるの？」と寛子。

「わかりません。そもそも書いて採用されるかもわかりません」

「そんなこと言わないで。この前の記事、あとで読み返すととってもよかったから」

「ありがとうございます」

高村は神妙な顔で頭を下げると、帰り支度を始めた。

寛子はもう帰るのと言いそうになった。きっと会話に飢えていたのだろう。

高村が髪をふわりと浮かせて立ち上がり、去って行く。若い人はいいなと改めて思った。真《ま》っ直《す》ぐで、未熟で、構ってあげたくなる。祐一にはもうそのチャンスがない。それを考えると、またも胸が締め付けられる。

珍しく体調がいいので、寛子は久しぶりに外出することにした。国道沿いのショッピングモールの書店で、何か面白そうな本でも探したい。小説を読む自信はないが、軽いエッセーなら読めそうだ。

買ってまだ一度も着ていなかったワンピースに着替え、化粧もし直した。自分で車を運転して、昼下がりの町を走った。太陽がやたらと目に沁《し》み、サングラスをしてくるべきだったと少し後悔した。

途中、部活帰りの中学生を見かけ、脈が乱れかけたが、深く深呼吸したら治まった。少しは快方に向かっているということなのだろうか。

ショッピングモールでは、書店で本を数冊と、雑貨店で風鈴を買った。風鈴はデザインが気に入っての衝動買いだ。小さな買い物なのに、心浮き立つものがあった。日常生活を少し取り戻した気分だ。

平日のせいでショッピングモールは空いていた。ここを歩いているのは、普通の日常に暮らしている人たちだ。小さな悩みはあっても、生きるのがつらいほどの苦悩はない。彼らは平凡な日常がいかに貴重なものか、考えることはない。失ってはじめて気づく。神様はそのことを教えてはくれない。

噴水広場でベンチに腰掛けようと、先へと進んだ。ふいに視線を感じ、その方角を見ると、市川健太の母親がいた。目が合った。寛子は咄嗟《とっさ》に、視線を逸らせた。買い物中に見えた。偶然会ってしまったのだ。

心臓が早鐘を打った。どうしよう、気づかなかったふりをしようか。しかし一瞬とはいえ、目が合ってしまった。

気が遠のくような感覚があり、寛子はとにかく歩を進めた。足が勝手に動いていた。自分から声をかける気はない。今はこの場を逃げ出したい。

「名倉さん」声が聞こえた。市川健太の母親の声だ。振り返る。蒼《そう》白《はく》の面持ちの彼女が立っていた。声をかけておいて、何も言わなかった。唇を震わせ、悲痛な顔で、深々と頭を下げた。

寛子は踵《きびす》を返し、速足で歩いた。どんどん速度が増す。いつの間にか小走りになっていた。何も考えられなかった。早く家に帰りたい。
そのことだけを願っていた。

26

期末試験を翌週に控え、部活が一斉に休みになった。いつもなら運動部員たちの声が飛び交うグラウンドも、日曜の朝のように静まり返っている。誰が弾いているのか、音楽室からピアノの音色が聞こえてきた。それに合わせるかのように、トンビが二羽、曇り空で大きな弧を描いている。

市川健太は、瑛介と二人で部室へと向かった。溜《た》まった着替えを持ち帰るためだ。練習用のシャツは、毎日持ち帰るのが面倒くさいので、いつも乾かすだけで使い回していた。そろそろ洗濯しないと気持ちが悪いし、いい加減に母親が怒りだす。

部室で荷物を整理していたら、藤田と金子と名倉の三人が連れ立ってやって来た。

「おい、健太。今日、ちゃま夫が飛ぶってよ」

藤田がうれしそうに言う。

「ほんとかよ」

健太は鼻で笑って返した。どうせいつもの強がりで、いざとなったら尻込みして、やめるに決まっている。

名倉を見ると、頬を小さく引きつらせ、虚勢を張るときのいつもの顔をしていた。

「その前に喉が渇いたな。ちゃま夫、何か奢《おご》ってくれよ」

藤田が威張って命令し、名倉は「いいけど」と答えた。

「じゃあポカリ人数分よろしくな。ほれ、ダッシュ」

せめてもの意地なのか、名倉は走らず、歩いて行った。

健太は着替えをバッグに詰めると、瑛介と部室棟の屋根に上がった。

とくに目的はなく、ただの休憩だ。

「せっかくコートが空いてんだから、スマッシュの練習してえな」

瑛介が寝転がって言った。

「先生に見つかったら叱られるぞ」

健太も大の字になった。

「職員室からは見えねえだろう」

「おれはパス。着替えるのが面倒くさい」

「言っただけ。おれもやらね」

空は一面が淡い灰色で、障子紙のように無表情に広がっていた。早く梅雨が明けないものか。雨が多いとコート練習が思うように出来なくて、フラストレーションが溜まる。

しばらくして藤田と金子も上がってきた。

「知ってる？　ちゃま夫のやつ、またラケット買い替えたってよ。ダイヤモンドカーボンの最新式。カタログに載ってた一番高いの」

金子が忌々しそうに言った。

「信じられん。またお祖母《ばあ》ちゃんのプレゼントか」

健太は呆《あき》れた。買わせる名倉も、買ってあげる祖母も、どうかしている。

「そうなんだよ。で、どうせあいつには猫に小判だから、ちゃま夫とモニター契約を結んで、おれがそのラケットを使うことにしたわけ」

藤田が身を乗り出して言った。

「何だそりゃあ」

「よくあるじゃん。プロ選手がメーカーと契約結ぶやつ。おれが使って、本当にいいラケットかどうか、ちゃま夫に教えてやるのよ」

「無茶苦茶言ってるな」健太は苦笑した。

「だって持ち主がちゃま夫じゃ、ラケットが可哀想《かわいそう》じゃん」

「じゃあ、おれにも貸してくれ」

「いいよ。でも、ちゃま夫が今日、飛んだらボツだけどな」

「どういうことよ」

「契約を解除する条件が、ちゃま夫が部室の屋根から銀杏《いちょう》に飛び移ることなのよ。それで締結して、あいつは初めグズグズ言ってたんだけど、今日になったら、ちゃま夫のやつ急に真面目な顔して、飛ぶって言い出したわけ」

「おまえら、ほんと馬鹿やってるな」

健太は馬鹿馬鹿しくて、関わるのをやめた。今でも名倉には部を辞めてもらいたいと思っている。

そのとき、名倉が戻ってきた。ペットボトルを下から手渡しすると、自分も屋根に上がってきた。みなで喉を潤す。

「ちゃま夫、飲んだら飛べよ」藤田が言った。

「ああ飛ぶよ」名倉が突っ張って答えた。

「おいみんな、聞いたな。ちゃま夫が飛ぶってよ。もし飛ばなかったら、あのラケットは永久に部のモニター品だからな」

「なんでだよ。おれのだぞ」

「うるせえ。この前、締結して握手しただろう。おまえな、一回握手したら、それは了解したってことなんだぞ。世界の常識だぞ」

藤田が無理な理屈を言い立てた。

「名倉、無理すんなよ」瑛介がぼそりと言った。

「そうそう。無理するな。だからラケットはモニター品。ははは」

藤田は許してやる気がなさそうだ。

屋根の上には十分ほどいて、降りることにした。気乗りしないが、試験勉強もしないといけない。

瑛介はてのひらをこすり合わせると、屋根の端まで行き、ひょいと銀杏の木の枝に飛び移った。懸垂逆上がりをして、幹まで移動し、滑り降りた。手慣れたものである。

金子も続いた。ややぎこちないが、こちらも危なげない。

健太は木に飛び移らず、柱を伝って外階段に降りることにした。

「健太は飛ばねえのかよ」藤田が聞いた。

「ズボンを汚したくねえんだよ。これ、先月買ったばかりだし」

「じゃあ、おれもやめよかな」

そのとき、名倉がひとりごとをつぶやき始めた。

「大丈夫、行けるよ」「でもお兄ちゃん……」

一人二役で何か言っている。

「また始まったよ。ちゃま夫のブップッ」と藤田。

「放っておけよ」健太は不気味さを感じ、近寄らなかった。

名倉を残して、健太と藤田が下に降りた。健太が帰ろうとすると、藤田が「なんだよ、ちゃま夫が飛ぶのを見て行かねえのかよ」と引き留めた。

「どうせ飛ばねえよ。時間の無駄」

相手にならないで歩き出した。瑛介と金子もあとに続く。この三人は帰る方角が同じだった。

「おーい、待てよ。見て行けよ」

「いやだね」

三人で部室棟を離れる。人気《ひとけ》のない校内を歩き、校門を出た。五分ほど歩いたところで、健太は体操着が廊下のロッカーに入ったままであることに気づいた。母から一緒に持って帰るよう言われていた。

「おれ、体操着忘れた。ちょっと取りに戻るわ」

「待ってねえぞ」と瑛介。

「いいよ。先に行っててくれ」

健太は踵《きびす》を返すと、小走りに学校へと引き返した。

人気のない校舎に入り、ロッカーから体操着を取り出し、バッグに詰めた。再び帰ろうとしたところ、校門付近で、速足で行く藤田と出くわした。

健太は一目でただならぬ雰囲気を察した。顔は蒼《あお》ざめ、全身に落ち着きがない。

「藤田、どうした」

「別に、どうもしないけど」

普通の受け答えだが、目が泳いでいた。

「ちゃま夫は？　飛んだのか」

「さあ、知らないけど」

「知らないってことはないだろう。置いて帰るのか」

「あ、ああ……。だって待ってても飛ばねえし」

藤田は膝を震わせていた。じっとしていられない様子に見えた。

「何かあったのか」訝《いぶか》りながら聞いた。

「何もないけど」

「本当か。ちゃま夫はどうした」

「まだ屋根の上なんじゃない」

健太はうそだと思った。藤田は何か隠している。

「じゃあ見に行こう」

「一人で行けよ」

「じゃあおまえ、ここで待ってろ」

健太が歩き出すと、藤田が素早く腕をつかんだ。咄嗟の行動に見えた。

「健太」藤田が急に泣きそうな顔になった。「ちゃま夫な、木から落ちたんだよ」

「落ちた？」健太は血の気が引いた。「で、どうした」

「わかんね」

「わかんねってことはねえだろう。怪我はしてねえのか。見に行くぞ」

健太が部室棟に行こうとすると、藤田がさらに強い力で引き留めた。

「聞いてくれ、聞いてくれ」震える声で訴えた。「おれは何もしてねえんだ。健太と一緒に屋根から降りただろう？　だからちゃま夫には指一本触れてねえって」

「何を言ってんだ。ちゃま夫はどうしたんだ」

藤田が俯《うつむ》き、一呼吸置く。

「死んだと思う」

「死んだ？」健太は絶句した。

「枝に飛び移り損ねて、コンクリートの側溝に頭打ち付けて――」

健太は頭が真っ白になった。何も考えられない。

「なあ、健太。おれもおまえらと一緒に校門を出たことにしてくれ。このままだと、おれ、疑われちゃうだろう」

藤田がまくしたてた。

「飛んだのはあいつの意思じゃん。だから、おれは無罪じゃん。でも最後は二人きりになってるし、だから、どういうふうにでも疑えるし、おれ、犯人にされちゃうんじゃないかって」

「警察に説明すればいいんじゃないのか」

「だめだ。おれ、絶対に疑われる」

「とにかく見に行こう。気絶してるだけかもしれないし」

「それ、絶対にない。頭割れてるし」

藤田の言葉に、健太は足がすくんだ。

「でも、一応……」このまま帰るわけにはいかず、健太は部室棟へと歩いた。藤田が無言でついてくる。

すぐ先に銀杏の木があった。大きな緑のふくらみだ。空にむかって堂々とそびえている。あらためて見るのは初めてだ。

近づくにつれ、心臓が高鳴った。喉がごくりと鳴った。

部室棟の陰からそっとのぞく。銀杏の太い幹が見えた。視線を地面に向ける。運動靴のソールが見えた。側溝に人が横たわっている。生きている感じはしなかった。健太は戦慄した。

それ以上は進めなかった。震える足で踵を返し、校門へと向かう。藤田が速足で横に並んだ。どんどん速足になった。

「なあ、健太。みんなと一緒に校門を出たことにしてくれ。頼むよ。一生のお願いだから」

藤田が息を切らしながら懇願する。健太は返事に詰まった。どう答えればいいのか。頭がパニックに陥っている。

「健太、頼むよ。おれら、友だちだろう？」

「わかった」健太が返事をした。

「ほんと？　ありがとう。約束だぞ」

「ああ、わかった」

こんな約束をしていいのかわからないまま、機械的に答える。

校門を出た。「じゃあな」藤田が別方向へと駆けて行った。

健太も反射的に走り出した。

どうしよう、どうしよう――。激しい焦燥感が喉元まで込み上げてきた。心臓の鼓動が、耳の鼓膜を内側から震わせている。

健太は荒い息を吐きながら、家に向かって全力で走った。

解説
真摯で誠実　洗練をきわめた奥田文学

池上冬樹

学校内でのいじめを苦にした、痛ましい自殺があとをたたない。社会問題になり、学内で、学外で、その対策を練っていても一向に減らない。いったい何故なのか。

本書『沈黙の町で』は、その問題に深く切り込んだ奥田文学を代表する一冊であるが、決して安易なヒューマニスティックな視点をとらない。むしろ少年少女のあやうさ、大人たちのずるさ、さらには被害者側の正義すら疑問視して多角的に捉えようとしている。

だが、その魅力を探るまえに、ちょっと寄り道したい。まず、およそ重いテーマとかけ離れたエッセイ集『田舎でロックンロール』（角川書店）からいきたいと思う。

これは、『最悪』や『邪魔』（大藪春彦賞）などの犯罪小説、『イン・ザ・プール』や『空中ブランコ』（直木賞）などのブラック・コメディなどで知られる奥田英朗の洋楽に関するエッセイ集である。え？　洋楽エッセイと思われるかもしれない。僕も最初そう思った。洋楽に関するエッセイを書いていたことも驚きだが、本になることにも驚いた（洋楽が売れない時代になったからだ）。しかし読んでみて、もっと驚いた。実に詳しいのだ。しかも内容はエッセイ以上に批評精神に富み、さまざまなことを考えさせてくれる。

簡単に紹介するならこの本は、奥田が中学に入り、高校卒業するまでの一九七二年から七八年までの体験を洋楽、具体的にミュージシャンの名前をあげるならアメリカ、ビートルズ、CCR、クイーン、ブルース・スプリングスティーン、ボズ・スキャッグス、ジョニ・ミッチェルほか多数を通してノスタルジックに、面白おかしく記している。

何よりもまず、岐阜県の田舎町で生活をする五分刈りのオクダ少年の日常が実に愉しく書かれてあるし（さすがは『空中ブランコ』の作者だ）、時代と音楽の関係や個々のミュージシャンの変遷なども鋭く分析されている。特に興味深いのは、音楽を語りつつ作家としての意見を随所におりこんでいる点だろう。若いときは隠れた名盤を探す快感があったがいまはない、なぜならミュージシャンの苦悩をいまは知っているからで、作家にとっていちばんのストレスは書けないことではなく、渾身の一作が少しも売れない苦しみだ、表現者は孤独から逃れられないと書く。

奥田はまた、演奏家たちの優れた音を分析しながら、正確無比で派手さのない職人技を称揚している。〝テーマ性に頼る作家は、表現力のなさの言い訳に聞こえる〟とまで言い切るのだけれど、これは〝正確無比で派手さのない職人技〟を長年追求し、その職人技を十二分に駆使しつつ、テーマをしっかりと打ち出して、読者を圧倒させる奥田英朗の自信のあらわれでもあるだろう。

それは過去の名作にあらわれているし、最新傑作『ナオミとカナコ』(幻冬舎)でも顕著だ。百貨店に勤務する直美が、大学時代の友人の専業主婦の加奈子とともに、家庭内暴力を繰り返す加奈子の夫を殺す物語である。タイトル通り、主要人物を二人に絞り、過去を振り返ることなく、現在の時間を濃密に語っていく。丹念に日常生活を追いながら、犯罪を犯す女性たちに肩入れさせていくのだが(これが何ともうまい)、同時に犯罪が露顕する恐怖、主人公たちに疑いを向けだす近親者の接近、雇われた興信所が繰り出す技の精度、積み上げられる間接的な証拠の数々で、読んでいて息苦しくなるほどだ。狭まる包囲網のなかで、直美と加奈子は何を思い、どう意識をもち、いかなる行動をとるのかに惹きつけられていく。殺人を犯した者たちの日常をつぶさに追い、人間のもつ果てしない可能性を見いだそうとするからだ。誰もが想像しえない、ふてぶてしいまでの生を追求している。〝たとえ何があろうと取り乱したくはない。人一人を殺めておいて言う台詞ではないかもしれないが、自分は、尊厳だけは失いたくない。死も選ばない〟と驚くほど自分の意思で生きていこうとする。罪を犯しても、こんなにも揺るがずに生きられるのかという驚きと昂奮が、ここにある。この強さが読む者の心をうつのだ。

犯罪小説が難しいのは、読者の感情移入であり、罪を犯した者たちが迎える結末である。読者はふつうなら、罪を犯した者に同情することはないし、逮捕されることによる正義（秩序の回復）を願うものだが、この小説に限ってはそれはない。むしろ逆だろう。ひたすら捕まるな！　どこまでも逃げろ！　という気持ちになって読んでいく。サスペンスに富んでいて、二人の運命の行方にはらはらすることになる。奥田英朗は、細かいところに仕掛けをほどこし、意外性を作り、ストーリーに起伏と驚きをもたせて、主人公と（そして主人公に感情移入する）読者の心を摑み、翻弄させていくのだ（手に汗にぎります）。まさに堂々たる語りをもつ圧巻の犯罪小説であり、不思議なことに（これが奥田マジックでもあるが）、ある種の爽快感とともに読み終わることができる。

この語りの巧さ、キャラクターのリアリティなどは、『田舎でロックンロール』の巻末に収録された短篇小説「ホリデイ・ヒット・ポップス！」にもある。エッセイの小説版で、エッセイで触れていた実際の出来事を巧みに盛り込み、キャラクターを際立たせ、中学校という体制と管理する教師たちに歯向かう少年少女たちの心意気を、ロックを武器にして語っているのだ。小説家はこんな風にストーリーを作り上げるのか、こんな風にエピソードを入れ替えして効果的に盛り込むのかが、長いエッセイのあとに読むとよくわかる。自作自註のような形をした、小説の書き方としても読めて、実に秀逸だ。

そして、ようやく本書『沈黙の町で』の話になる。『田舎でロックンロール』の「ホリデイ・ヒット・ポップス！」で描かれた中学生たちとまるっきり違う姿が、本書にはあるからだ。しかも注目すべきは、本書が群像劇であること。奥田英朗の名前を一躍メジャーにした出世作『最悪』『邪魔』『無理』などをあげるまでもなく、もともと緊迫感みなぎる群像劇を得意とする作家だが、本書はさらに人物の数を増やして、暗く激しい万華鏡のような小説に仕立てている。いやはやこれは本当に見事だ。

物語は、まず、中学校の教師が学校内の敷地で死体を発見する場面から始まる。

亡くなっていたのは、中学二年生の名倉祐一で、部室の屋上から転落したようだった。しかし、屋上には五名の足跡が残されていて、警察は、事故と他殺の両方の線で捜査を進めていく。そうすると、祐一がいじめを受けていたことが判明する。

やがて、同級生二人が逮捕され、二人が補導される。一体何があったのか。

その事件をめぐって教師、被害者・加害者の家族、刑事、新聞記者たちがそれぞれの立場から真相に迫っていく。視点が変わることで世界が変わる。中学生は鳥の群れのようなもので〝みなが飛ぶ方に自然と体が反応し、考えもなくついていく〟し、〝被害者家族は本当のことを知りたいと言っておいて、本当のことを教えると怒りだす〟し、〝死んだ家族に不名誉なことは少しも認めたくない〟のだ。一方で、加害者家族は自分の子供をどこまでも庇って反省をしない。親は誰しも自分の子供がいちばん可愛く、みながみな理屈と感情のせめぎ合いを続け、容易に真相がみえてこないのだ。

この小説のいちばんの手柄は、未完成な人間としての中学生たちの肖像を鮮やかに捉えている点だろう。〝命の尊さも、人生の意義も、人の気持ちも、自分の気持ちさえも、ちゃんとわかってはいない〟子供たち。人間の未熟さが引き起こす悪意や中傷や暴力といったものを、逃げずに正面からしっかりと描ききっていて、真摯で誠実だ。

しかもそれを一気にあらわすのではなく、フラッシュバックをなめらかに繰り返し、真相の皮を一枚一枚めくっていくからたまらない。技術的にとても高い。さらに絶望的なまでのコミュニケーション不全ともいうべき地点、みながみな各自の欲望を押し進め、後付けの正義にとらわれて、もうどうしようもなくかみ合わない情況までつかみとろうとするから、いちだんと物語は奥行きを増し、感銘も深い。

中学生のいじめの問題を扱った作品というと、近年では宮部みゆきの傑作『ソロモンの偽証』があるが、本書『沈黙の町で』も収穫のひとつだろう。宮部みゆきは、生徒たちによる陪審裁判という斬新なスタイルで突きつけたが、奥田英朗は、周到に計算されたプロットと、巧みな構成の洗練を極めた群像劇として、社会性と現代性を掘り下げているからだ。奥田英朗の新たな代表作といっていい傑作である。

（いけがみ　ふゆき／文芸評論家）

本書は、株式会社朝日新聞出版のご厚意により、朝日文庫『沈黙の町で』を底本としました。但し、頁数の都合により、上巻・中巻・下巻の三分冊といたしました。

沈黙の町で　下
（大活字本シリーズ）

2021年5月20日発行（限定部数700部）
底　本　朝日文庫『沈黙の町で』
定　価　（本体3,300円＋税）
著　者　奥田　英朗
発行者　並木　則康
発行所　社会福祉法人 埼玉福祉会
埼玉県新座市堀ノ内3—7—31　〒352—0023
電話　048—481—2181
振替　00160—3—24404
印刷製本所　社会福祉法人　埼玉福祉会 印刷事業部

ISBN 978-4-86596-420-2

大活字本シリーズ発刊の趣意

現在，全国で65才以上の高齢者は1,240万人にも及び，我が国も先進諸国なみに高齢化社会になってまいりました。これらの人々は，多かれ少なかれ視力が衰えてきております。また一方，視力障害者のうちの約半数は弱視障害者で，18万人を数えますが，全盲と弱視の割合は，医学の進歩によって弱視者が増える傾向にあると言われております。

私どもの社会生活は，職業上も，文化生活上も，活字を除外しては考えられません。拡大鏡や拡大テレビなどを使用しても，眼の疲労は早く，活字が大きいことが一番望まれています。しかしながら，大きな活字で組みますと，ページ数が増大し，かつ販売部数がそれほどまとまらないので，いきおいコスト高となってしまうために，どこの出版社でも発行に踏み切れないのが実態であります。

埼玉福祉会は，老人や弱視者に少しでも読み易い大活字本を提供することを念願とし，身体障害者の働く工場を母胎として，製作し発行することに踏み切りました。

何卒，強力なご支援をいただき，図書館・盲学校・弱視学級のある学校・福祉センター・老人ホーム・病院等々に広く普及し，多くの人人に利用されることを切望してやみません。